Aderyn Brau

MARED LLWYD

y Lolfa

Argraffiad cyntaf: 2009

℗ Hawlfraint Mared Llwyd a'r Lolfa Cyf., 2009

Golygyddion Cyfres yr Onnen: Alun Jones a Meinir Edwards

Comisiynwyd y gyfrol hon gyda chymorth ariannol Adran Plant,
Addysg, Dysgu Gydol Oes a Sgiliau

Cynllun y clawr: Elgan Griffiths

Rhif Llyfr Rhyngwladol: 9781847711908

Cyhoeddwyd ac argraffwyd yng Nghymru
gan Y Lolfa Cyf., Talybont, Ceredigion SY24 5HE
gwefan www.ylolfa.com
e-bost ylolfa@ylolfa.com
ffôn 01970 832 304
ffacs 832 782

Pennod 1

*P*edair oed yw Megan James. Heddiw yw ei diwrnod cyntaf yn
ysgol fach y pentref, ond 'ysgol fowr' yw hi iddi hi. Wrth sgipio
law yn llaw gyda'i rhieni o ddrws eu bwthyn i lawr y lôn sy'n arwain
tua phentref Llanfair, mae hi'n wên o glust i glust. Mae antur fawr
o'i blaen. Heibio'r siop, y capel, y dafarn...

'Pob lwc, Megan fach!' galwa Mrs Davies y Siop arni.

'Merch fowr heddi!' Llais Dai'r Postmon.

Wrth gyrraedd clwyd yr ysgol, mae'n tynhau ei gafael am
ddwylo'i rhieni am eiliad fechan, fach. Mae'r deg ar hugain o blant
sy'n chwarae'n brysur ar yr iard yn stopio'n stond wrth eu gweld yn
nesáu.

'Megan!'

'Y ferch fach newydd!'

Rhedant at y glwyd, a chyn hir mae'n cael ei hamgylchynu gan
y dyrfa gyffrous, fel pe bai'n anifail prin mewn sw. Pawb am y
gorau i'w chroesawu a'i chofleidio. Mae hi'n adnabod wynebau'r
rhan fwyaf o blant y pentref, os nad eu henwau – Glesni Bryn Awel,
Dafydd a Rhys Talar Wen, Huw Tŷ'n Mynydd, Manon a Bethan
Sŵn y Nant...

Toc, daw Mrs Tomos y brifathrawes allan i'w chyfarch, â'i gwên
garedig yn gynnes fel pelydrau'r haul. Mae'n estyn llaw gyfeillgar, ac
wrth iddi ollwng gafael ar ddwylo gofalgar Mam a Dad, mae pennod
newydd yn dechrau ym mywyd Megan James.

Yn hen adeilad carreg yr ysgol – yn yr un ystafell fawr sy'n
gweithredu fel dwy ystafell ddosbarth, ffreutur, llwyfan ar gyfer
gwasanaethau a chyngherddau, neuadd bentre – mae merch fach arall
bedair oed yn aros amdani'n eiddgar, sef Leri Morgan, Tŷ'n Ffridd.
Maen nhw'n nabod ei gilydd eisoes, ers dyddiau'r ysgol feithrin, ac

maen nhw'n ffrindiau da. Mae Leri'n amneidio arni i fynd draw ati i'r tŷ bach twt, ac mae Megan yn ei dilyn. Mae'r ddwy'n cydio dwylo yn gwlwm tyn. Mae eu cyfeillgarwch wedi ei serio, am byth.

Pennod 2

Sŵn gwydr yn chwalu'n deilchion ar lawr y gegin a ddeffrodd Megan o'i thrwmgwsg breuddwydiol. Eisteddodd i fyny'n gefnsyth, ei meddyliau yn rhywle rhwng y freuddwyd odidog am gael ei gwobrwyo'n awdures orau'r byd mewn seremoni grand, a realiti ei hystafell wely. Roedd hi wedi drysu'n lân, a'i chalon yn curo ar garlam. Craffodd ei llygaid cysglyd ar y cloc digidol ar y bwrdd ger y gwely. Hanner awr wedi un. Y bore neu'r prynhawn? Doedd ganddi ddim syniad.

Cododd o'i gwely'n araf, a cherdded ar flaenau'i thraed at y ffenest, rhag ofn i'r hen estyll pren wichian oddi tani. Agorodd gil y llenni a gweld ei bod yn dywyll fel y fagddu y tu allan, heblaw am y lleuad fel soser arian yn taflu ei golau yma a thraw dros y caeau cyfagos. Canol nos oedd hi, heb os.

Aeth Megan yn ôl i'w gwely, a swatio'n gynnes glyd o dan y blancedi. Er ei bod hi'n ganol Awst, roedd naws digon oer ynddi heno. Caeodd ei llygaid, gan ddisgwyl i Siôn Cwsg ei hebrwng ymaith drachefn.

A dyna pryd y clywodd y dadlau.

Sŵn mwmian aneglur i gychwyn, yn treiddio o'r gegin oddi tani, ac yna'r lleisiau'n dod yn fwyfwy amlwg wrth i lefel y sŵn godi'n raddol. Dau lais. Mam a Dad.

Agorodd ei llygaid. Beth yn y byd… ?

Clustfeiniodd yn astud. Er na chlywai'r union eiriau, roedd tôn y lleisiau'n mynegi dicter a chwerwder. Casineb, hyd yn oed. Doedd Megan ddim yn deall. Mam a Dad yn cwmpo mas, am hanner awr wedi un y bore? Ers pryd buon nhw wrthi? Oedd hi'n clywed sŵn crio hefyd? Mam? Ond pam?

Doedd ei rhieni byth yn dadlau. Pan aeth hi i'r gwely rhyw deirawr ynghynt roedd y ddau ar ben eu digon, a'r tri ohonynt wedi mwynhau diwrnod arbennig, diwrnod bythgofiadwy, yn agoriad arddangosfa newydd Mam yn yr oriel. Doedd hyn ddim yn gwneud synnwyr.

Cododd Megan o'i gwely unwaith eto, a throedio'r llawr yn dawel, dawel fach, cyn agor drws ei hystafell wely'n araf. Aeth i eistedd ar ben y grisiau ar y landin, ei chalon yn ei gwddf a'i stumog ben i waered. Deuai pob gair, pob sill o eiddo'r ddau yn boenus o glir iddi nawr.

'Plis, Gerallt, paid… ' Llais Mam trwy'i dagrau. 'Allwn ni ddod trwy hyn, allwn ni drafod, plis… '

'Na, Anna, dwi 'di dweud wrtho ti, 'sdim troi 'nôl nawr. Ma'n rhaid i ti dderbyn hynny, ma'n *rhaid* i ti.'

'Na, na, na… ' Swniai Mam fel pe bai ei chalon ar dorri.

'Cadwa dy lais i lawr, Anna, neu fe fyddi di'n siŵr o ddeffro Meg. 'Sdim angen iddi hi glywed hyn.'

'Meg? Meg? Ers pryd wyt ti'n poeni taten amdani hi? Os bydde 'da ti unrhyw feddwl ohoni, ohonon ni'n dwy, fyddet ti'm yn 'neud hyn.'

Roedd casineb yn llenwi geiriau Mam erbyn hyn.

O'i chwrcwd ar y landin, gwrandawodd Megan mewn penbleth llwyr. Ai breuddwyd oedd y cyfan? Hunllef? Pinsiodd ei hun, a theimlodd boen yn saethu ar hyd ei braich. Ond doedd e'n ddim o'i gymharu â'r boen oedd yn ei chalon wrth glywed y geiriau anghynefin o'r gegin.

'Alli di ddim 'neud hyn, Ger, *alli* di ddim.' Roedd llais Mam yn dawelach, yn ymbilgar bron, y tro hwn.

'Anna, ma'n flin 'da fi, wir i ti, ond does dim dewis arall. Fe weli di hynny rywbryd, gobeithio.'

'Ewn ni ar wylie, symudwn ni dŷ, fe dreulia i lai o amser yn yr oriel, unrhyw beth ti ishe, jyst gwed ti… '

'Na!' Tro Dad oedd hi i godi llais, ac yn dilyn y floedd, daeth tawelwch byddarol.

Eisteddodd Megan yn fud, heb symud modfedd. Roedd ei meddwl ar ras. Beth oedd achos hyn i gyd? Beth yn y byd oedd wedi digwydd? Meddyliodd yn wyllt am esboniad, am reswm dros y dadlau, ond doedd dim yn dod. Ceisiodd chwilio am gliwiau yng ngeiriau miniog ei rhieni, ond roedd y cyfan yn gawdel blêr. Teimlai'r ofn yn corddi fel cyllell finiog yn ei stumog. Yna sŵn lleisiau eto, a sŵn traed yn gadael y gegin cyn nesáu at waelod y grisiau.

'Be ti'n 'neud nawr? Ger? Ateb fi!'

'Pacio. Rhaid i fi fynd, 'sdim pwynt i fi aros 'ma am eiliad arall.'

Cododd Megan yn gyflym a sleifio'n dawel yn ôl i'w hystafell. O'i chuddfan y tu ôl i gil y drws gwelodd Dad yn dringo'r grisiau'n frysiog, dau ris ar y tro, a Mam yn ei ddilyn. Roedd dagrau'n staenio'i hwyneb tlws.

Parhau wnaeth y dadlau, yr ymbil, y crio, wrth i Dad stwffio'i ddillad yn frysiog i gês. Gwyliodd a chlywodd Megan y cyfan, gan geisio darbwyllo'i hun ei bod yn gwylio ffilm am fywydau pobl eraill. Nid ei rhieni hi oedd y rhain, doedd bosib. Doedd pethe fel hyn ddim yn digwydd iddyn nhw.

Aeth yn ôl i'w gwely, ac wrth i'r dadlau gyrraedd *crescendo* byddarol, tynnodd y flanced blu yn dynn dros ei phen i foddi sŵn y ffrae. Ymbiliodd yn dawel fach ar i'r cyfan ddod i ben.

Ac yna, clywodd ddrws ei hystafell wely'n agor yn araf, a threiddiodd golau gwan i mewn o'r landin. Synhwyrai Megan fod rhywun yn camu i mewn i'r ystafell, yna'n eistedd ar erchwyn y gwely.

'Meg?' Roedd cryndod amlwg yn sibrwd ysgafn ei thad.

Aros yn llonydd fel delw fyddai orau, penderfynodd

Megan, ac esgus ei bod yn cysgu. Doedd hi ddim am i Dad wybod ei bod wedi clywed y cyfan.

'Dwi'n sori, cariad. Fydda i 'nôl i dy weld di cyn hir, dwi'n addo. Caru ti.'

Teimlodd Megan gusan dyner ei thad ar ei thalcen, ond symudodd hi'r un blewyn. Clywodd ddrws ei hystafell yn araf gau, sŵn traed yn mynd i lawr y grisiau, ac yna, dim byd. Dim dadlau, dim gweiddi, dim crio, dim byd. Dim ond tawelwch llethol.

Ymhen rhai munudau, clywodd ddrws y ffrynt yn cau'n glep. Cododd o'i gwely unwaith yn rhagor, ac ysgafndroedio draw at y ffenest. Roedd hi'n crynu drosti erbyn hyn. Yng ngolau'r lleuad, gwelodd ei thad yn agor drws ei gar du ac yn gwthio cês yn frysiog i'r sedd gefn. Fe'i gwelodd yn edrych ar ei oriawr, cyn tynnu'i ffôn symudol o'i boced a dechrau deialu. Pwy yn y byd roedd e'n ei ffonio yr adeg yma o'r nos?

Craffodd Megan arno. Disgleiriai ei wallt brith yng ngolau'r lleuad. Sylwodd ei fod yn gwisgo crys coch tîm pêl-droed Lerpwl, yr un a roddodd hi iddo'n anrheg ar ei ben-blwydd yn ddeugain oed ddechrau'r flwyddyn, â'r neges '*GER 40*' mewn llythrennau breision, balch ar y cefn. Bu'n cynilo'i harian poced am fisoedd i'w brynu. Roedd golwg ofidus, llawn straen ar ei wyneb wrth iddo siarad ar y ffôn. Byddai'r ddelwedd honno o'i thad, ei ffrind gorau, ei harwr mawr, wedi ei serio ar gof Megan am wythnosau, misoedd i ddod.

Camodd Dad i mewn i'r car a thanio'r injan. Ac wrth ei wylio'n gyrru'n gyflym o fuarth y bwthyn, ar hyd y lôn fechan a arweiniai o bentref Llanfair i gyfeiriad y dref, ac allan o'i bywyd hi, gwyddai Megan na fyddai pethau byth yr un fath.

Pennod 3

Saith oed yw Megan James. Mae hi ym Mlwyddyn 2. Mae hi a Leri Morgan, ei ffrind gorau, ynghyd â phump ar hugain o blant eraill Ysgol Llanfair, allan ar yr iard yn chwarae.

'Siôn, Siôn gewn ni groesi'r afon?' galwant yn un llais.

'Os ydych chi'n gwisgo rhywbeth… pinc!' ateba Stephen Griffiths o Flwyddyn 5.

Mae'r bechgyn yn cwyno, y merched wrth eu boddau, ond mae pawb yn rhedeg, am y gorau.

Yna, newid i gêm arall – 'hopscotch', 'Faint o'r gloch yw hi, Mr Blaidd?', 'Mob 123', pêl-droed, rownderi. Pob copa walltog o'r ieuengaf yn y Derbyn i'r hynaf ym Mlwyddyn 6 yn rhan o'r chwarae. Yn rhan o'r hwyl. A Chymraeg coeth Sir Aberteifi'n llenwi pob twll a chornel o'r iard.

Mae'r gloch yn canu. Rheda'r plant i ffurfio llinell wrth y brif fynedfa, lle mae Mrs Tomos addfwyn, garedig yn aros amdanynt.

'Bore da, blant.'

'Bore da Mrs Tomos, bore da ffrindiau,' llafarganant mewn un llais.

Mae'n fore gwasanaeth. Eistedda'r pump ar hugain o blant ar y mat yng nghhornel 'dosbarth' y babanod, yn barod i wrando ar stori…

Yna, rhannu i'w dosbarthiadau – Blynyddoedd Derbyn, 1 a 2 gyda Mrs Jones mewn un rhan o'r neuadd, a phlant hŷn Blynyddoedd 3, 4, 5 a 6 gyda Mrs Tomos y tu hwnt i'r rhaniad. Ym mis Medi byddai'n bryd i Megan fentro yno, yr ochr draw i'r rhaniad, i ddosbarth y 'plant mowr'.

Awr o Fathemateg, ac yna amser chwarae eto. Hwrê! Allan â'r pump ar hugain o blant i chwarae, i chwerthin, i grio, i ddysgu. Yn un teulu mawr.

11

Daw amser cinio toc, a'r neuadd yn newid ei swyddogaeth dros dro.

'O Dad, yn deulu dedwydd...'

Winc fach ddireidus gan Mrs Puw, y gogyddes ffeind, wrth lenwi platiau'r plantos â dognau ychwanegol o gawl cartre, bara menyn, crymbl 'fale...

Mae deg o blant dosbarth y Babanod yn treulio'r prynhawn yn peintio. "Fy Nheulu' yw'r teitl,' fe'u cyfarwyddir gan Mrs Jones. Pawb yn bwrw ati'n eiddgar i lunio'u campweithiau – mamau a thadau a neiniau a theidiau a brodyr a chwiorydd a chathod a chŵn. Tri ffigwr yn unig sydd yn llun Megan. Mam a Dad a hithau, ei theulu bach. Ond mae hynny'n ddigon. Yn fwy na digon.

Am hanner awr wedi tri, a'r dydd yn tynnu tua'i derfyn, bydd Mam yn aros yn eiddgar amdani wrth y glwyd, yn sgwrsio'n llon â mamau eraill y pentref. Byddan nhw'n sgipio law yn llaw yn ôl i'r bwthyn lle bydd bwrdd gorlawn o ddanteithion blasus yn barod i'w chroesawu. Ymhen ychydig, daw Dad adre o'i waith. Adeg orau'r dydd i Megan. Rhedeg at waelod y lôn â'i breichiau ar led i groesawu Dad tua thre.

Pennod 4

'Reit 'te, Blwyddyn 6, Llyfrau Cyswllt allan, yn gyflym, gyflym. Dewch nawr.' Tarfodd geiriau Miss Owen ar feddyliau Megan, a'i thywys yn ôl o'i synfyfyrio pell i realiti'r stafell ddosbarth. 'Dewch nawr, deng munud sydd ar ôl, yn gyflym, gyflym... '

Deng munud. Roedd Megan wedi cyfri'r oriau, y munudau, yr eiliadau ers ben bore, ac roedd ei hysfa i glywed caniad y gloch yn gryfach nawr nag erioed.

'Pawb yn barod? O Megan fach, ble mae dy Lyfr Cyswllt di? Dere nawr, 'na ferch dda, yr un glas golau. Helpa hi, 'nei di, Siwan?'

Pam roedd yn rhaid i Miss Owen swnio *mor* nawddoglyd bob tro y siaradai â hi? Wrth gwrs ei bod hi'n gwybod pa un oedd y Llyfr Cyswllt – roedd hi'n ddisgybl yn yr ysgol ers dros dri mis bellach, ac o Geredigion y daeth hi, nid o'r lleuad. A doedd dim angen help Siwan Fflur arni i ddod o hyd iddo, roedd hynny'n bendant! Tynnodd y Llyfr Cyswllt o'i drôr, gan gynnig hanner gwên i Miss Owen wrth i honno barhau i edrych arni'n ddisgwylgar a diamynedd.

'Nawr 'te, fel ry'ch chi'n gwbod, mae hi'n ddiwrnod olaf mis Ionawr heddiw, yr unfed ar ddeg ar hugain o Ionawr i fod yn fanwl gywir. Pawb i ailadrodd – yr unfed ar ddeg ar hugain o Ionawr... '

'O, dewch mlân,' meddyliodd Megan wrthi'i hun, gan syllu ar ei horiawr. Roedd hi bellach yn ddau funud ar hugain wedi tri.

'Yr unfed ar ddeg ar hugain o Ionawr,' bloeddiodd gweddill y dosbarth fel parti llefaru, ond aros yn dawel wnaeth Megan.

'Ie, yr unfed ar ddeg ar hugain o Ionawr, sy'n golygu bod mis Chwefror ar garreg y drws. A pha fis sy'n dilyn mis Chwefror? Codwch eich llaw os y'ch chi'n gwybod yr ateb.'

Ochneidiodd Megan. Wnaeth hi ddim trafferthu codi'i llaw – fyddai Miss Owen byth yn edrych i'w chyfeiriad hi, heb sôn am ofyn iddi ateb, beth bynnag.

'Da iawn, Katie, mis Mawrth. A beth rydyn ni'n ei ddathlu ar y cyntaf o Fawrth?'

Roedd hyn yn wirion. Roedd hi bellach yn bedwar munud ar hugain wedi tri, a'r gloch ar fin canu. Fyddai Megan yn synnu dim petai Miss Owen yn eu cadw nhw yma'n fwriadol ar ôl caniad y gloch i fwydro am fisoedd y flwyddyn, a'u gwneud nhw'n hwyr i ddal eu bysys, a hynny ar ddydd Gwener o bob diwrnod.

'Dydd Gŵyl Dewi, ardderchog Caradog. Wel, pwy all ddweud wrth y dosbarth, ac wrth y ferch fach newydd yn enwedig, sut rydyn ni yn Ysgol Gynradd Gymraeg Maes Tawe yn arfer dathlu Dydd Gŵyl Dewi?'

Teimlai Megan ei bochau'n troi'n binc llachar, a gwelodd bump ar hugain o barau o lygaid yn troi i syllu i'w chyfeiriad, fel pe bai'n fwnci mewn caets. Pam, o pam, bod Miss Owen yn dal i fynnu cyfeirio ati fel y 'ferch fach newydd'?

'Dyna ti, Elen, eisteddfod yr ysgol.' Roedd yr athrawes yn dal i barablu, a Megan yn ei chael hi'n anodd gwrando arni erbyn hyn.

'Mae Mawrth y cyntaf, neu Ddydd Gŵyl Dewi, yn disgyn ar ddydd Sadwrn eleni – dydd Sadwrn cyntaf gwyliau'r hanner tymor. Felly, bydd Eisteddfod Ysgol Gymraeg Maes Tawe yn digwydd ar y dydd Gwener cynt, ar yr wythfed ar hugain o Chwefror, gan na fydd neb, rwy'n siŵr, am ddod i'r ysgol ar ddydd Sadwrn cynta'r gwylie…!'

Ni chwarddodd neb ar jôc wael yr athrawes.

'Wel, mae'r gwaith cartref hynod bwysig rydw i am ei osod i chi nawr – a dwi am i chi ei gofnodi'n daclus yn eich Llyfrau Cyswllt – yn ymwneud ag eisteddfod yr ysgol. Fel y gwyddoch, bob blwyddyn bydd disgyblion Blwyddyn 6 yn cael y cyfle i gystadlu yng nghystadleuaeth y Gadair. Y dasg i bob un ohonoch chi eleni fydd ysgrifennu darn o ryddiaith ar y teitl "Pe bawn i…".'

Deffrodd Megan yn sydyn o'i synfyfyrio. Eisteddodd yn gefnsyth yn ei sedd, a dechrau gwrando'n astud ar eiriau Miss Owen.

'Rydw i'n hoff iawn o'r teitl – mae'n agor llu o bosibiliadau, dwi'n siŵr y byddwch chi'n cytuno. Nawr 'te, rydw i am i chi feddwl yn ofalus am syniad, yna cynllunio ac ysgrifennu eich stori fel gwaith cartref dros y tair wythnos nesaf.'

Roedd holl sylw Megan wedi'i hoelio ar Miss Owen erbyn hyn.

'Cofiwch – eich gwaith *chi* fydd e. Gallwch ofyn i Mam neu Dad neu i mi am ychydig o help, ond rhaid i chi feddwl am eich syniad eich hun a mynd ati i ysgrifennu'n annibynnol. Fel dwedes i, mae'r teitl yn un gwych – "Pe bawn i…". Beth am rai awgrymiadau? Beth fyddech chi'n dyheu am fod? Siwan Fflur?'

'Aelod o Girls Aloud!'

'Ie, diddorol iawn Siwan, ewch ati i gynllunio nawr 'te! A beth amdanat ti, Macsen Jones?'

Roedd y modd y dywedai Miss Owen enw Macsen, gan wenu'n wirion arno, yn gyfoglyd. Eto i gyd, dyna sut yr edrychai holl ferched y dosbarth, os nad yr ysgol gyfan, ar Macsen Jones.

'Ryan Giggs!'

'Ardderchog, Macsen! Mae sgôp am stori dda yn fanna!'

Chododd Megan mo'i llaw, ond fe wyddai'n union am

beth y byddai'n ysgrifennu. Teimlodd wefr gynhyrfus yn cropian ar hyd asgwrn ei chefn wrth feddwl am y peth, a gallai deimlo'r ieir bach yr haf yn trosbennu'n wyllt yn ei stumog. Ennill Cadair Eisteddfod Ysgol Gymraeg Maes Tawe, a hithau ond wedi symud yma ychydig fisoedd ynghynt. Dyna fyddai'r nod!

'Felly, yn eich Llyfrau Cyswllt, rydw i am i bob un ohonoch gofnodi'n daclus, yn eich llawysgrifen orau – *'Cynllunio ac ysgrifennu stori "Pe bawn i...''*. Rhaid cwblhau'r gwaith erbyn Chwefror yr unfed ar hugain – ymhen tair wythnos. Fydd yna ddim gwaith cartref arall o nawr tan yr eisteddfod, oni bai am ddysgu'r darnau canu a llefaru, yn naturiol. Fe gewch chi'r rheiny ddydd Llun. O hyn ymlaen, fe fyddwn ni yn Ysgol Gymraeg Maes Tawe yn canolbwyntio'n llwyr ar yr eisteddfod – bydd popeth arall *on hold* am y tro! Siwan Fflur, Macsen, Gwenno, Elen – rwy'n disgwyl gwaith arbennig oddi wrthoch chi eleni, cofiwch.'

Gorffen cofnodi'r gair olaf yn ei Llyfr Cyswllt roedd Megan pan ganodd y gloch. Roedd hi wedi anghofio'n llwyr yn sydyn iawn am ei hysfa i adael yr ysgol, a'i dychymyg bellach ar grwydr gwyllt wrth feddwl am y stori fer.

'A Megan James... '

Edrychodd yr athrawes i gyfeiriad Megan, cyn ychwanegu'n nawddoglyd,

'... wel, gwna di dy orau hefyd – y cymryd rhan sy'n bwysig, yntê? A bydd pob cystadleuydd yn ennill marc i'w dŷ wrth gyflwyno stori, beth bynnag.'

Fedrai Megan ddim credu'i chlustiau! Roedd clywed Miss Owen yn siarad â hi fel'na yn dân ar ei chroen, fel petai hi'n ryw dwpsen oedd yn methu rhoi dwy frawddeg at ei gilydd. Penderfynodd yn y fan a'r lle ei bod am ysgrifennu campwaith o stori, a phrofi i'r athrawes, y dosbarth a'r ysgol gyfan ei bod yn awdures o fri. Roedd hi ganwaith gwell na Siwan Fflur, Macsen, Gwenno ac Elen, roedd hi'n siŵr o hynny!

'Pnawn da, Blwyddyn 6,' cyfarchodd Miss Owen, wrth i bawb sefyll yn daclus y tu ôl i'w cadeiriau. 'A chofiwch fwrw ati'n syth i ddechrau ysgrifennu dros y penwythnos!'

Pennod 5

Naw oed yw Megan James. Mae hi ym Mlwyddyn 5, ac yn nosbarth Mrs Tomos ers dwy flynedd. Mae hi a Leri, ei ffrind gorau, yn eistedd gyda'i gilydd yn y dosbarth, yn chwarae gyda'i gilydd amser chwarae, yn gwneud popeth gyda'i gilydd. Nhw yw 'merched mowr' yr ysgol erbyn hyn. Ar yr iard, nhw fydd yn gofalu am y plant bach os byddan nhw'n cael dolur, yn teimlo'n sâl neu'n cwmpo mas. Does dim munud o lonydd i'w gael!

Heddiw, mae plant dosbarth Mrs Tomos yn ysgrifennu stori ar gyfer Cyfarfod Cystadleuol y pentref, neu'r 'Cwrdd Bach', sy'n cael ei gynnal ymhen pythefnos. Mae Megan wrth ei bodd yn ysgrifennu – yn llunio cymeriadau o'i phen a'i phastwn ei hun, yn creu delweddau yn ei dychymyg, a'u troi'n ddarluniau byw ar bapur. Fel Mam yn peintio'i lluniau cain yn yr oriel, ond geiriau yw brwsh a phaent Megan.

Mae'n mynd am yr 'hatric' eleni! Hi enillodd Dlws Llenyddiaeth y Plant y llynedd a'r flwyddyn cynt yn y Cwrdd Bach, gan guro'r plant hŷn i gyd. Hi fu'n fuddugol yn y cystadlaethau llefaru a chanu unigol er cyn cof hefyd.

Daw Mrs Tomos draw at ddesg Megan a chymryd cipolwg dros ei hysgwydd ar y darn papur o'i blaen.

'Gwych, Megan, ardderchog, fel arfer!' yw'r ganmoliaeth hael.

Mae'n cymryd saib o'r ysgrifennu. Fedr hi ddim cofnodi mwy am y tro. Mae ei dwylo'n crynu gan nad yw'r gwresogydd bychan yng nghornel y neuadd yn ddigon i gynhesu'r ystafell enfawr, heb sôn am ddeunaw o blant a dau oedolyn, a hithau'n ganol Ionawr. Mae'n edrych o'i chwmpas ar y gwaith celf amrywiol sy'n garped amryliw hyd y waliau – collage o stori Blodeuwedd, crochenwaith Geltaidd, carthen wedi'i gwehyddu o hen fagiau plastig lliwgar, y tirluniau y bu

Mam yn eu helpu i'w creu pan ddaeth i gynnal gweithdy yn yr ysgol y llynedd... Ond y tu hwnt i'r môr o liw daw'r craciau yn y waliau'n fwyfwy amlwg, wrth i'r hen adeilad ddangos ei oed.

Mae'n amser chwarae, ac yn bryd ymarfer ar gyfer cystadleuaeth pêl-droed ysgolion y cylch. Ar gae Mr Jones y Fron, sy'n ffinio â iard yr ysgol, y byddan nhw'n ymarfer, ynghanol yr ysgall, y twmpathau tyrchod daear a'r baw defaid! Does dim digon o blant ym Mlynyddoedd 5 a 6 Ysgol Llanfair, felly rhaid ffurfio tîm ar y cyd â phlant Ysgol Tŷ'n Celyn o'r pentref cyfagos. Tad Arwyn Blwyddyn 6 sy'n eu hyfforddi, ac mae Megan yn aelod o'r tîm. Ond hi yw capten y tîm pêl-rwyd a thîm Cwis Llyfrau'r ysgol.

Heno yw noson y 'Clwb ar ôl Ysgol'. Bydd Mr Williams Llwyn Drain, tad Jac Blwyddyn 3 a Betsan Blwyddyn 1, yn dod â dau oen bach swci i'r plant gael gafael ynddyn nhw a'u bwydo. Wedyn, bydd mam Leri'n dod i gasglu'r ddwy ffrind a bydd Megan yn cael aros i de, a swper, gobeithio, draw ar fferm Leri. Efallai y cân nhw fynd allan i farchogaeth un o'r ceffylau, hyd yn oed! Bydd Mam yn yr oriel, a Dad yn gweithio'n hwyr, siŵr o fod. Mae e'n gweithio'n hwyr bron bob nos y dyddiau hyn. Llawer o waith i'w wneud yn y swyddfa, meddai Mam. Ond does dim ots gan Megan. Gobeithio wir y caiff hi aros dros nos yn nhŷ Leri heno!

Pennod 6

Yn eu rhesi, gadawodd disgyblion Blwyddyn 6B ystafell ddosbarth Miss Owen yn drefnus a disgybledig, cyn ymuno â'r sgarmes wyllt o blant a bagiau allan ar y coridor.

Roedd Megan yn casáu hyn. Pedwar cant a hanner o blant hanner call a dwl yn ceisio gadael yr un adeilad ar yr un pryd. Roedd yn gas ganddi gael ei gwthio o un pen i'r coridor i'r llall yn ddiseremoni, fel parsel heb label arno. Yn amlach na pheidio, haws na cheisio gwrthsefyll y gwthio gwyllt oedd ildio a chael ei chario at yr allanfa gan lif y cerrynt. Heddiw, gallai weld cannoedd o bennau fel peli sbonciog, yn un carped amryliw rhyngddi hi a'i rhyddid.

'Trefn, os gwelwch yn dda!' Clywodd Megan lais Mr Hughes y Pennaeth yn bloeddio o ben arall y coridor, ond thalodd neb fawr ddim sylw. Roedd cyffro'r penwythnos yn denu disgyblion Ysgol Gynradd Gymraeg Maes Tawe at yr allanfa fel naddion gwyllt at fagned.

Wedi gadael adeilad yr ysgol o'r diwedd, cerddodd Megan yn gyflym ar draws yr iard at y bysys. Roedd hi'n dal i weld y broses o ddal bws i'r ysgol ac yn ôl yn chwithig, a gwingai wrth feddwl am y siwrnai ddiflas oedd o'i blaen. Hanner awr ar fws swnllyd, gorlawn, yn malwennu ar hyd strydoedd prysur y ddinas.

Cerddai Siwan Fflur, Katie, Heledd a Gwenno fraich ym mraich ychydig gamau o'i blaen. Gallai eu clywed yn sgwrsio'n llawn cyffro am y *sleepover* yn nhŷ Siwan Fflur heno i ddathlu ei phen-blwydd, a'r parti fory yn y ganolfan fowlio.

'Cofia ddod â'r colur heno, Katie, i ni gael ymarfer neud *makeovers*,' meddai Siwan Fflur yn ei llais awdurdodol. 'Fi 'di atgoffa Elen yn barod. A'r DVDs *High School Musical*, a'r CDs Girls Aloud, ocê Hels a Gwens?'

'Ocê, Siw!' llafarganodd y tair arall yn un côr, cyn sgipio'n llawn cyffro at eu mamau ger clwyd yr ysgol.

Wrth eu gwylio'n mynd, fedrai Megan ddim peidio â theimlo'n genfigennus. Ond roedd hynny'n wirion. Cawsai wahoddiad gan Siwan Fflur wythnosau'n ôl i fod yn rhan o'i dathliadau pen-blwydd – ddim i'r *sleepover*, efallai (dim ond ei ffrindiau 'gorau glas' oedd yn cael mynd i hwnnw, yn ôl Siwan), ond i'r parti yn y ganolfan fowlio, serch hynny. Byddai pawb arall o Flwyddyn 6 yn mynd. Ond gwrthod wnaeth Megan, a gwneud rhyw esgus ei bod hi'n brysur.

Prysur! Doedd hi byth yn brysur – doedd hi byth yn gwneud dim byd ar benwythnosau ers iddi symud i Abertawe. Doedd hi ddim yn siŵr nawr pam y gwrthododd y cynnig, ac roedd hi'n difaru braidd wrth glywed Siwan Fflur a'r merched yn siarad. Ond er cymaint roedd hi'n dyheu am fod yn rhan o griw poblogaidd Siwan Fflur, roedd rhyw swildod ac ansicrwydd yn cnoi ynddi. Gwyddai na fyddai hi, mewn gwirionedd, yn mwynhau eu sgwrsio arwynebol am golur a bechgyn a bandiau pop. Byddai ar goll ynghanol yr holl sôn am iPods, *straighteners* a cherddoriaeth y siartiau. Gwyddai Megan hefyd y byddai cyfnither hŷn Siwan Fflur a'i chriw o ffrindiau o Flwyddyn 9 yr ysgol uwchradd yn siŵr o fynychu'r parti. Gwelai nhw'n aml yn aros am Siwan y tu allan i glwyd yr ysgol, a gallai ddychmygu'n union y math o ferched oedden nhw. Colur trwm a sgertiau byr; sigaréts a llond ceg o Saesneg mawr; a'r rhegfeydd mwyaf lliwgar a glywsai Megan erioed. Doedd ganddi gynnig i bobl fel'na, ond roedd Siwan Fflur a'r criw yn eu hanner addoli. Na, meddyliodd, haws o lawer oedd gwrthod.

Erbyn i Megan gyrraedd ei bws ysgol hi ym mhen pella'r

iard roedd y rhan fwyaf o'r seddi wedi'u llenwi. Camodd i'r cerbyd a chraffu o'i chwmpas i chwilio am sedd wag. Sylwodd ar un tua hanner ffordd ar hyd y bws, nesaf at fachgen o Flwyddyn 4. Doedd dim syniad ganddi beth oedd ei enw – doedd hi ddim yn gwybod enwau neb heblaw'r plant yn ei blwyddyn hi ei hun, a dim ond ambell wyneb roedd hi'n eu hadnabod o'r blynyddoedd eraill.

Roedd hi ar fin eistedd yn y sedd pan sylwodd fod sgarff goch wedi ei gadael arni. Rhewodd.

'Oes rhywun yn eistedd fan hyn?' gofynnodd, gan obeithio mai 'Oes' fyddai'r ateb.

'Na. Sai'n gwbod pwy sy'n berchen honna, o'dd hi 'ma cyn i fi ddod. Rhywun wedi'i gadel hi ar ôl, siŵr o fod,' atebodd y bachgen.

Aeth Megan yn chwys oer drosti. Wyddai hi ddim beth i'w wneud. Fedrai hi ddim peidio ag eistedd yma nawr, ar ôl gofyn a oedd y sedd yn rhydd, a beth bynnag, byddai'n gas ganddi orfod sefyll yr holl ffordd adref. Ond eto, roedd y sgarff yn … yn… GOCH!

'You sittin' down then, love? 'Cos we gotta go, see,' meddai'r gyrrwr wrthi. 'Seat belt on, that's a good girl.'

Gwyddai Megan fod yn rhaid iddi eistedd, rhag creu ffwdan, ond teimlai'n sâl wrth feddwl am orfod cyffwrdd â'r sgarff goch. Eisteddodd, a gallai deimlo gwlân y sgarff oddi tani trwy ei theits. Caeodd ei llygaid, a cheisio meddwl am gant a mil o bethau eraill heblaw'r ffaith ei bod hi'n eistedd ar sgarff GOCH! Gwyddai fod hynny'n hollol wirion, ond fedrai hi ddim peidio â theimlo panig llwyr. Roedd hi'n casáu'r lliw coch, ac wedi gwneud ei gorau i'w osgoi ym mhob ffordd bosibl byth ers y noson honno, fis Awst diwethaf. A'r cyfan a welai'n awr oedd y ddelwedd a'i poenydiodd byth ers hynny – Dad yn ei grys Lerpwl coch, ei wallt brith yn sgleinio yng ngolau'r lleuad, yn gwthio cês yn frysiog i'r car...

Cyfrodd i ddeg o dan ei gwynt, ac anadlu'n ddwfn er mwyn ceisio ymlacio ychydig. Dechreuodd feddwl am y penwythnos hir oedd yn ymestyn o'i blaen – un y bu'n dyheu cymaint amdano trwy'r wythnos – dau ddiwrnod cyfan o ryddid rhag bod yn Ysgol Gymraeg Maes Tawe, ymhell o bresenoldeb Miss Owen.

Doedd dim wedi ei drefnu ganddi ar gyfer y penwythnos, er gwaethaf ei honiad wrth Siwan Fflur. Yr un oedd patrwm pob penwythnos bellach – cyrraedd adre ar y bws ddiwedd pnawn Gwener, swper gyda Mam a Mam-gu, gwylio'r operâu sebon yn ddefodol ar y teledu, yna amser gwely. Doedd dydd Sadwrn a dydd Sul fawr fwy cyffrous chwaith. Er gwaethaf addewidion Mam, ar ôl iddyn nhw symud, bod Abertawe'n lle 'llawn hwyl â chant a mil o bethe i neud...' dal i aros am gyfle i brofi'r cyffro hwnnw oedd Megan. Doedden nhw heb fod yn yr un sinema na theatr na phwll nofio na chanolfan fowlio eto, nac i siopa am ddillad fel yr addawodd Mam, chwaith. Fedrai Megan ddim peidio â theimlo'n rhwystredig.

Er hynny, meddyliodd, doedd dim pwrpas teimlo'n ddig wrth Mam – nid hi oedd ar fai nad oedd arian ganddi, a'u bod yn ddibynnol ar Mam-gu am do uwch eu pennau. Gwyddai Megan hefyd nad oedd Mam yn teimlo'n berffaith iach ers misoedd bellach. Ond eto...

Dechreuodd ei meddwl grwydro. Beth fyddai hi'n ei wneud y penwythnos hwn petai hi'n dal i fyw yn Llanfair, tybed?

Draw ar fferm Leri yn helpu gyda'r ceffylau, neu'n adeiladu ffau, neu'n esgus bod yn dditectifs, yn actoresau enwog, yn estroniaid o'r gofod... Yn yr oriel gyda Mam yn helpu y tu ôl i'r cownter, neu'n creu annibendod yn y cefn, fwy na thebyg, gyda brwsh a phaent... Trip bach i Dregaron

neu Aberaeron neu Aberystwyth, i 'bipo rownd siope', a
chael paned a chacen hufen fel trêt – ei diwrnod sbesial hi a
Mam... Coginio cacennau yng nghegin y bwthyn, a Megan
yn llyfu gwaelodion y fowlen nes bod ei thafod yn dost... Yn
ei hystafell wely'n synfyfyrio, yn dyfeisio cymeriadau o bob
lliw a llun yn storfa ddiwaelod ei dychymyg, cyn cofnodi pob
manylyn yn ei llyfr nodiadau, a'u troi'n bobl o gig a gwaed
mewn stori, maes o law... Yn yr ardd neu yn y goedwig gyda
Dad, yn gwrando a gwylio'n astud am adar o bob lliw a llun,
a'r enwau tlws yn dod yn rhan annatod o'i geirfa... Ar y cwch
ar Lyn Gwawr, neu allan ar y môr, liw nos, a Dad a hi am y
gorau wrth geisio dal y pysgodyn mwya i swper... O flaen y
teledu yn y stafell fyw, Dad a hithau'n bloeddio'n fyddarol
wrth i Lerpwl ennill y cwpan, a'u gorfoledd yn llenwi'r lle...

Agorodd ei llygaid. Teimlodd boen rhywle yn ddwfn yn
ei stumog wrth feddwl am Dad.

Pennod 7

*D*eg oed yw Megan James. Mae'n ganol Hydref, a phlant Ysgol Llanfair yn ymarfer ar gyfer y cyngerdd Diolchgarwch. Un ar bymtheg o blant yn swatio'n glòs o gwmpas y piano hynafol yn y neuadd.

'Diolch am y cynhaeaf, am bopeth yn ei bryd...'

'Da iawn chi,' mae Mrs Tomos yn eu canmol. 'Ry'ch chi'n canu honna'n bert iawn. Dim ond un gân fach arall sydd ar ôl i'w dysgu cyn y cyngerdd nos Fercher nesa. Dim problem!'

Mae'n gwenu ei gwên garedig, ac wrth i'r plant eraill ruthro allan i chwarae, mae'n rhoi winc fach ar Megan. Winc ystyriol, winc bryderus.

'Ti'n iawn, Megan fach?' hola am y degfed tro heddiw.

'Ydw, diolch,' yw'r ateb parod. Ac allan â hi.

Amser chwarae. Pawb ar ras, pawb ar ruthr. Megan a Leri, merched Blwyddyn 6, yn eistedd fraich ym mraich ar y wal ger clwyd yr ysgol, a'r plant iau yn eu hamgylchynu a'u haddoli.

'Come and play British Bulldog!' Llais Jordan Miller, Blwyddyn 5. Symudodd ef a'i fam yma o ganolbarth Lloegr cyn gwyliau'r haf, ac yn sydyn reit, dros nos yn llythrennol, fe newidiodd iaith y chwarae.

'Dere Meg, ewn ni i 'whare.' Mae Leri'n amneidio arni, cyn diflannu i ganol y cynnwrf yr ochr arall i'r iard.

Ond mae Megan yn aros yno, ar y wal ger y glwyd, am funud neu ddau. Mae'n edrych o'i chwmpas, gan amsugno pob manylyn, pob sŵn, pob arogl o eiddo'r iard. Dyma'i byd i gyd yn grwn.

Siffrwd ysgafn y coed derw a'r coed sycamor hynafol, a'r cnau a'r dail a'r concyrs yn garped amryliw hyd y llawr; y Tŷ Celtaidd trawiadol a adeiladwyd gan rai o'r rhieni flynyddoedd maith yn ôl; yr hen, hen doiledau yn y cytiau cerrig sy'n dal i gael eu defnyddio o hyd ym mhen pella'r iard, a'i ffau gyfrinachol hi a Leri y tu ôl iddynt; murmur byrlymus yr afon ar ei thaith tua'r pentre; brefu'r defaid ar y caeau gwyrdd sy'n ymestyn y tu hwnt i'r gorwel; sgrechiadau cynhyrfus, heintus y plant.

Mae'n syllu ar yr wynebau yn y pellter − Anwen, Ffion a Jordan Blwyddyn 5; Geraint, Andrew a Rhiannon Blwyddyn 4; Jac Blwyddyn 3, ac wyth o blant bach dosbarth y Babanod. A Leri, wrth gwrs. Teulu bach Ysgol Llanfair. Ei theulu bach hi.

'Dere, Meg!' Amneidia Leri am yr eildro. 'Ni'n 'whare 'Hide and Seek' nawr!'

Ac mewn chwinciad, mae'n hanner awr wedi tri. Prynhawn dydd Gwener. Dechrau'r penwythnos. Mae Megan a Leri'n cerdded fraich ym mraich drwy glwyd yr ysgol, yn rhannu cynlluniau mawr y deuddydd nesaf. Heb ofid yn y byd.

'Hwyl, Mrs Tomos, wela i chi ddydd Llun.'

'Ie… hwyl fawr, Megan,' yw'r ateb clên, petrusgar.

Wrth y glwyd, mae'r cydymdeimlad cyfarwydd yn llenwi llygaid y mamau.

'Shwt wyt ti, Megan fach?'

'Cofia fi at dy fam…'

Fe ddaeth hi i arfer â hyn, fel y daeth i arfer â sibrydion y plant eraill ar yr iard ers mis Medi. Ond does dim angen poeni. Maen nhw'n anghywir. Wedi camddeall. Ddim yn siŵr o'u ffeithie.

Mae'n cerdded yn frysiog ar hyd yr hen lôn gyfarwydd trwy'r pentref tua'r bwthyn. Heibio'r capel, heibio'r dafarn a siop Mrs Davies, eu drysau bellach wedi eu cau am y tro olaf.

Heno yw'r noson. Mae hi'n siŵr, yn hollol bendant. Mae ganddi deimlad da ym mêr ei hesgyrn. Heno bydd Dad yn dychwelyd adre…

Ond wrth gyrraedd buarth y bwthyn, nid car du dad sydd yno'n ei chroesawu, ond car Mam, a hwnnw wedi'i bacio'n llawn hyd yr *ymylon. Mae'n camu i'r tŷ, a gweld nad yw hwnnw bellach yn ddim ond cragen wag.*

'Dere, cariad, fe esbonia i bopeth yn y car...' Daw llais dagreuol Mam o rywle.

Yna, drws y car yn cau'n glep a'r sŵn yn atseinio'n fyddarol yn ei chlustiau. Y car yn teithio'n araf ar hyd y lôn tua'r pentref, a chant a mil o feddyliau'n chwyrlïo'n wyllt drwy'i meddwl. Ysgol Llanfair, Dad, Leri, Dad, y cyngerdd Diolchgarwch, Mrs Tomos, Dad...

A'r cyfan a wêl Megan drwy'r ffenest gefn yw ei hen fywyd cyfarwydd, cysurlon yn diflannu'n ddim ond smotyn pitw ar y gorwel y tu ôl iddi.

Pennod 8

Symudai'r bws fel malwen drwy draffig y ddinas ar ei daith undonog tua'r faestref. Syllai Megan drwy'r ffenest frwnt, gan deimlo waliau llwyd y ddinas yn araf gau amdani. Ceisiodd ddychmygu am eiliad ei bod hi'n ôl yn Llanfair, ynghanol y caeau a'r coed a'r awyr iach, ond yn fuan iawn daeth sŵn aflafar y plant ar y bws i darfu ar ei meddyliau. Teimlai fel pe bai cerddorfa gyfan yn curo'n ddi-baid yn ei phen. I wneud pethau'n waeth, cofiodd am y sgarff goch o dan ei chlun dde. Teimlai'n sâl.

Dechreuodd ei meddwl grwydro unwaith eto, a chofiodd am gystadleuaeth y stori ar gyfer eisteddfod yr ysgol. 'Pe bawn i… '. Oedd, roedd e'n deitl da, a gwyddai y gallai hi ysgrifennu stori a fyddai'n deilwng o Gadair unrhyw eisteddfod! Byddai'n rhaid iddi ddechrau cynllunio'n syth. Heno!

'Iawn, Megan?' Roedd Macsen Jones wedi codi o'i sedd gyda'r criw cŵl yng nghefn y bws, ac yn ymlwybro tua'r blaen. Safodd wrth sedd Megan.

'O, haia Macsen.' Ceisiodd Megan swnio mor ddidaro â phosibl. Roedd hi'n casáu ei hun am gynhyrfu i gyd wrth siarad â Macsen, fel y gwnâi'r holl ferched eraill. Doedd yr un bachgen erioed, yn ystod yr un mlynedd ar ddeg o'i bodolaeth, wedi gwneud iddi fopio'i phen! Ond eto, roedd rhywbeth ynglŷn â Macsen – roedd e'n boblogaidd, yn glyfar, yn bencampwr ym mhob un o'r chwaraeon, ac yn olygus iawn. Ond, yn fwy na dim, bu'n ddigon clên wrthi ers iddi ymuno â dosbarth Blwyddyn 6B fis Hydref diwethaf. Yn gleniach na'r rhan fwyaf o'r lleill, o leiaf.

'Ti'n 'neud rhywbeth neis dros y penwythnos? Dod i barti

Siwan Fflur yn y lle bowlio fory? Dyle fe fod yn sbort.'

'Ym… na, dwi'n… dwi'n brysur. Ma… ma teulu'n dod i aros.' Celwydd noeth.

'O wel… joia… wela i di ddydd Llun, 'te.'

Ac i ffwrdd â fe at flaen y bws, gan aros i'r cerbyd arafu a'i ollwng ger stad o dai enfawr, crand yr olwg. Er mai dim ond ychydig strydoedd i ffwrdd oedd pen siwrnai Megan, mor wahanol oedd ei byd hi, meddyliodd, yn nhŷ cyngor pitw Mam-gu.

Wrth i'r bws nesáu at yr arhosfan ar ben ei stryd hi, cododd Megan o'i sedd a chasglu'i phethau. Gwelodd y sgarff goch unwaith yn rhagor ac, mewn panig, chwiliodd am rywbeth, unrhyw beth, o liw arall i gyffwrdd ynddo. Gwelodd fod rhywun wedi gadael cot werdd ar y silff uwchben ei sedd. Cydiodd yn y silff, gan fyseddu'r got yn gyflym a chyfrwys, gan geisio sicrhau nad oedd neb yn ei gweld. Teimlai'n well ar unwaith. Byddai lliw arall wastad yn canslo coch – dyna'r rheol a ddysgodd iddi'i hun.

Disgynnodd Megan oddi ar y bws, yn falch o gael gwared ar y sŵn aflafar yn ei chlustiau, ac anadlu'r awyr 'iach' o'i chwmpas. Wrth iddi gerdded at dŷ Mam-gu, sylwodd fod Mam yn sefyll y tu allan i'r drws, a'i chefn ati.

'Grêt,' meddyliodd Megan. 'Falle bod Mam mewn hwylie gweddol, a'i bod yn ffansïo mynd am dro bach i rywle o'r tŷ.'

Sylwodd hefyd fod car coch yn sgrialu at ben arall y stryd, a'r gyrrwr yn amlwg ar frys aruthrol.

'Hen ddigon o goch am un diwrnod!' meddyliodd wrthi'i hun.

Wrth gyrraedd y tŷ, gwelodd fod llygaid ei mam wedi'u hoelio ar y car yn gadael ar frys. Roedd ei hwyneb yn llawn gofid.

'Mewn â ti i'r tŷ, 'te,' meddai ar bigau'r drain, heb hyd yn oed gyfarch Megan yn iawn na rhoi'r cwtsh arferol iddi. Go brin y byddai gobeithion Megan o fynd am dro i'r parc neu'r traeth yn cael eu gwireddu wedi'r cyfan. Roedd rhywbeth yn amlwg yn poeni ei mam. Roedd rhywbeth mawr yn bod.

Pennod 9

Parhau i fod yn dawedog oedd Mam pan aeth y ddwy i mewn i'r tŷ. Ceisiodd fân siarad, gan holi Megan am hynt a helynt ei diwrnod, ond roedd ei meddwl yn amlwg ymhell, bell i ffwrdd. Dechreuodd Megan sôn am eisteddfod yr ysgol, am gystadlaeuaeth y Gadair, a'i chyffro ynglŷn â'r stori fer, ond gwyddai nad oedd Mam yn gwrando arni mewn gwirionedd. Roedd hi'n siŵr bod a wnelo ei hwyliau rhyfedd â'r car coch a welodd yn dianc ar frys at waelod y stryd wrth iddi gamu oddi ar y bws ysgol. Ond ofynnodd hi ddim beth oedd o'i le. Gwell fyddai gadael pethau i fod. Roedd gormod o ofn arni glywed yr ateb, yn fwy na dim.

Daeth Mam-gu i mewn o'r ardd, ac ysgafnhau ychydig ar y tensiwn.

'Shwt a'th hi heddi, bach?' gofynnodd, ond er i Megan geisio sôn wrthi am eisteddfod yr ysgol, gwyddai mai dim ond rhyw hanner gwrando roedd hithau hefyd. Daliodd hi'n ciledrych droeon ar ei mam, a golwg nerfus, bryderus ar ei hwyneb. Beth yn y byd oedd yn bod? Roedd Megan wedi sylwi ar y ddwy'n ymddwyn yn rhyfedd droeon yn ddiweddar. Synhwyrai fod rhyw gyfrinach gudd, nad oedd hi'n cael bod yn rhan ohoni, yn llechu rhyngddynt. Roedd hi wedi cael hen ddigon ar gyfrinachau.

Ceisiodd wthio'r amheuon o'i meddwl. Roedd hi wedi blino gormod heno i boeni am bethau, a'i phen yn dal i guro fel gordd ar ôl y daith adref ar y bws. Aeth i'w hystafell wely i newid o'i gwisg ysgol, a gadael Mam a Mam-gu mewn tawelwch annifyr yn y gegin.

Teimlai'n ganwaith gwell ar ôl diosg gwisg Ysgol Gymraeg

Maes Tawe. Teimlai fel hi ei hun unwaith eto. Rhyddid o'r diwedd! Aeth draw at ei desg, a chraffu ar y calendr bach ar y pinfwrdd uwchlaw. Yr unfed ar ddeg ar hugain o Ionawr (gallai glywed llais Miss Owen yn adleisio yn ei phen). Byddai'n bryd newid y dudalen fory. Trodd at fis Chwefror, ac ym mwlch dydd Gwener yr unfed ar hugain ysgrifennodd mewn llythrennau breision 'DYDDIAD CAU STORI FER EISTEDDFOD YR YSGOL!!!' Yna, ym mwlch dydd Gwener yr wythfed ar hugain ysgrifennodd 'EISTEDDFOD GŴYL DDEWI YR YSGOL'. Roedd ganddi dair wythnos i ysgrifennu ei champwaith, a mis cyn diwrnod tyngedfennol y gwobrwyo!

Sylwodd yn sydyn fod amlen â'i henw hi arni wedi'i gosod ar y ddesg. Llawysgrifen Leri oedd ar yr amlen, ac roedd arni farc post canolbarth Cymru. Agorodd Megan yr amlen yn frysiog, a dechrau darllen y llythyr heb oedi eiliad.

Annwyl Meg,

Sut wyt ti? Gobeithio bod popeth yn iawn yn Abertawe. Wyt ti'n setlo? Diolch am dy gerdyn Nadolig – ro'n i mor falch o glywed oddi wrthot ti. Trueni na chawson ni gyfle i ddweud hwyl fawr yn iawn pan adawest ti.

Dwi newydd ddod adre o'r ysgol. Buon ni'n ymarfer ar gyfer y Cwrdd Bach trwy'r bore heddi – y canu a'r llefaru a'r cyd-lefaru a'r parti recorders – ac yn peintio ar gyfer y gystadleuaeth arlunio. 'Fy Ffrind Gorau' o'dd y teitl, a 'nes i lun ohonot ti!

Ma'r Cwrdd Bach nos Wener! Daeth Mrs Williams Maes Newydd i gyfeilio i ni heddi – o'n i'n ffaelu stopio'n hunan rhag chwerthin, yn cofio amdanat ti'n ei dynwared hi llynedd! Ma hi'n dal i ganu mor uchel ag erioed, a dwi'n siŵr ei bod hi mas o diwn!

Ma pawb yn Ysgol Llanfair yn cofio atot ti, ac yn gweld dy eisie di'n fawr. Odd Mrs Tomos am i fi ddweud wrthot ti am ddod 'nôl i'n gweld ni'n glou! Mae'n rhyfedd iawn 'ma hebddot ti – dim ond fi sydd ym Mlwyddyn 6 nawr! Dwi'n gorfod 'neud popeth gyda phlant Blwyddyn 5 ac, i fod yn onest, mae gwaith y dosbarth yn gallu bod yn rhy hawdd ac undonog weithie.

Ma Mam yn dweud bod hi'n iawn i ti ddod i aros gyda fi yn ystod y gwylie hanner tymor, os wyt ti eisie!!! Mewn mis, ar y cyntaf o Fawrth!!! Mae'r ysgol yn trefnu twmpath Gŵyl Ddewi y noson honno – fe gei di gyfle i weld pawb eto! Plis dwed dy fod di'n gallu dod – mae mor rhyfedd hebddot ti a ninne heb weld ein gilydd ers canol mis Hydref!

Sgwenna 'nôl yn glou!
Dy ffrind gorau yn y byd i gyd,
Leri X

Brwydrodd Megan yn erbyn y dagrau wrth ddarllen geiriau Leri. Mor falch oedd hi o dderbyn llythyr oddi wrth ei ffrind gorau, ond mor anodd oedd darllen am Ysgol Llanfair. Roedd bywyd yno'n mynd yn ei flaen, ond roedd ei bywyd hi ar stop ers misoedd.

Wyddai Megan ddim sut i ateb llythyr ei ffrind. Meddyliodd am y diwrnod a dreuliodd heddiw yn Ysgol Gymraeg Maes Tawe, ac am bob un diwrnod arall a dreuliodd yno ers mis Hydref y llynedd. Colli'i ffordd ar hyd coridorau di-ben-draw yr adeilad modern; eistedd yn fud yng nghefn y dosbarth, heb hyder nac awydd i gyfrannu at y wers; treulio'r amser chwarae ar ei phen ei hun yng nghornel yr iard enfawr, yn cenfigennu wrth y plant eraill yn eu criwiau clòs; bodloni ar weld criw Siwan Fflur a Macsen yn cael eu dewis gan Miss Owen i wneud pob dim; teimlo'n estron, yn unig, yn *neb* ynghanol cannoedd ar gannoedd o wynebau dieithr.

Fe feddyliodd droeon y gallai esgus deimlo'n sâl – taflu llwch i lygaid Mam a Mam-gu er mwyn cael aros gartref am ddiwrnod neu ddau. Ond pa les a wnâi hynny mewn gwirionedd? Yr un fyddai'r sefyllfa pan âi'n ôl i'r ysgol, os nad gwaeth. Go brin y byddai Mam yn ei choelio, beth bynnag. Chollodd hi erioed yr un diwrnod o ysgol yn Llanfair.

Wrth gwrs, fe ddywedai Mam wrthi dro ar ôl tro y byddai pethau'n gwella. 'Rho amser i bethe, Megan fach. Newydd symud ry'n ni, ac mae'n cymryd amser i setlo mewn ysgol newydd, cofia. Fe wnei di ffrindie'n glou, gei di weld... '.

Oedd hynny'n wir, tybed? Choeliai Megan fawr. Roedden nhw yma ers tri mis bellach, a doedd hi'n teimlo fawr gwell. Os rhywbeth, roedd ei hiraeth am Lanfair yn ddyfnach nag erioed. Ai ceisio lleddfu'i chydwybod ei hun – am iddyn nhw godi pac a symud o Lanfair mor ddisymwth – oedd Mam gyda'i geiriau gwag o gysur?

Estynnodd Megan ddarn o bapur, a dechrau ysgrifennu.

Annwyl Leri,

Diolch yn fawr am dy lythyr.

Dwed wrth bawb yn Llanfair 'mod i'n cofio atyn nhw, ac yn eu colli nhw i gyd yn fawr hefyd. Bydden i wrth fy modd yn dod i aros gyda ti yn ystod y gwyliau hanner tymor – fe ofynna i i Mam heno – gobeithio na fydd problem. Fe ysgrifenna i'r dyddiad ar fy nghalendr nawr!

Does dim newyddion o fan hyn. Ysgol yn iawn. Cawson ni deitl stori fer cystadleuaeth y Gadair ar gyfer yr Eisteddfod Gŵyl Ddewi heddi – 'Pe bawn i... ' Dwi am fynd ati i ddechre sgwennu'n syth!

Fe sgwenna i eto cyn hir.

Dy ffrind gorau yn y byd i gyd,

Meg x

Doedd gan Megan ddim amynedd ysgrifennu mwy. Roedd cur pen ganddi o hyd, a beth bynnag, sut medrai hi sôn wrth Leri am ei diflastod yn yr ysgol, ac yn Abertawe? Trodd at y calendr uwchben ei desg unwaith eto, ac ym mwlch dydd Sadwrn y cyntaf o Fawrth, cofnododd: *MYND I AROS GYDA LERI!!!*'. Mis i fory. Fyddai Mam yn gadael iddi fynd 'nôl i Lanfair, tybed? Byddai, gobeithio. Roedd hi'n dechrau cyfri'r dyddiau, yr oriau, yn barod.

Pennod 10

Galwodd Mam arni i ddod i gael swper. Aeth Megan i lawr i'r gegin, ac eisteddodd y tair ohonynt – Mam a Mam-gu a hithau – mewn tawelwch llwyr wrth y bwrdd. Ceisiodd Megan ei gorau i fwyta'r lasagne paced a'r pys tun roedd Mam-gu wedi eu paratoi. Cyn dechrau bwyta roedd yn rhaid i Megan dynnu'r tomatos allan a'u rhoi ar ochr y plât, gan eu bod nhw'n goch. Ond doedd y pryd ddim yn apelio rhyw lawer ati. Meddyliodd am yr holl fwyd ffres blasus arferai Mam ei baratoi yn Llanfair – peis a thartenni a chacennau o bob math – a'r holl ffrwythau a llysiau bendigedig o ardd organig Dad. Gadawodd y rhan fwyaf o'r lasagne ar ôl.

'Be sy, bach?' holodd Mam-gu'n bryderus.

'Dim,' atebodd Megan. 'Dim awydd bwyd, 'na i gyd.'

Roedd Mam ar bigau'r drain o hyd, ac edrychai'n ofidus i gyfeiriad y ffenest bob tro y clywai sŵn car yn gyrru heibio. Bu bron iddi â neidio o'i chroen pan ganodd cloch drws y ffrynt. Sylwodd Megan ar yr edrychiadau nerfus rhyngddi hi a Mam-gu unwaith yn rhagor, ac ar y rhyddhad amlwg ar wyneb y ddwy wrth glywed llais Arthur Morris drws nesaf yn galw drwy'r blwch llythyrau.

'Iw-hŵ. O's rhywun gartre?'

Cododd Mam-gu i ateb y drws, a thywys yr hen ŵr i mewn i'r stafell.

'Shwt y'ch chi, ledis?' gofynnodd Arthur Morris yn ei lais siriol arferol.

Er mai dyn bychan iawn o ran corff oedd Arthur Morris, roedd ganddo bersonoliaeth anferth. Roedd yn ffrind da i Mam-gu, a bu'n ffeind iawn wrthi ers iddi golli Tad-cu rai blynyddoedd yn ôl. Gŵr gweddw oedd yntau hefyd, a byddai'n galw i weld Mam-gu yn aml am baned a thipyn o gwmpeini, gan ddod ag ambell neges o'r siop a stori neu ddwy am hwn a'r llall gydag ef. Roedd Megan yn siŵr fod Arthur Morris yn gant oed o leia ond, yn ôl Mam, roedd yr un oed yn union â Mam-gu – saith deg pump. Roedd y bywyd caled a brofodd fel glöwr wedi gadael ôl arno, mae'n rhaid. Wyneb main, esgyrnog oedd ganddo, a hwnnw'n frith o rychau yn cris-croesi ei gilydd. Er hynny, roedd yn wyneb llawn caredigrwydd, a dawnsiai ei lygaid direidus fel dwy farblen loyw. Byddai wastad yn gwenu, gan ddangos gofod dudew ac ambell ddant pydredig, yn wir roedd yn hen bryd iddo gael dannedd gosod, meddyliodd Megan. Er na welodd ef erioed heb ei gap stabl, dychmygai mai pen moel oedd ganddo, oni bai am y ddau dusw bach o wallt arian, fel padiau Brillo garw, uwchben ei glustiau. Roedd ei gefn yn crymanu ychydig erbyn hyn oherwydd y cryd cymalau, ond roedd ei gerddediad yn sionc o hyd, ac, yn ôl Mam-gu, roedd yn 'fythol ifanc'.

Gwisgai'r un dillad bob amser, neu wahanol fersiynau o'r un dillad – trowser rib tywyll, a bresys yn eu dal i fyny, dros grys brethyn sgwarog, esgidiau gwaith trymion am ei draed, a'r hen gap stabl am ei ben. Ond yr hyn a gyfareddai Megan yn fwy na dim am Arthur Morris oedd ei ddwylo – dwylo ac ôl gwaith caled arnynt â chroen garw dros yr esgyrn brau, a'r gwythiennau fel nentydd dyfnion, croyw. Erbyn hyn roedd haenen drwchus o bridd wedi ymgartrefu'n barhaol o dan ei ewinedd – prawf pendant o'i hoffter o arddio, a theyrnged i'w holl waith caled dros y blynyddoedd yng ngardd ei gartref drws nesaf.

'Wel, 'ma beth yw trêt, ontefe?' meddai Arthur Morris yn ei acen goeth Cwm Tawe. Roedd ganddo lais cras, canlyniad di-os i ddegawdau o smocio Woodbines – a siaradai fel melin bupur. 'Tair croten ifanc bert i 'nghroesawu i!' ychwanegodd.

Teimlodd Megan ei hun yn cochi. Roedd hi'n hoff iawn o Arthur Morris, a gwyddai ei fod yn hen ddyn caredig iawn. Ond eto, roedd hi'n dal i deimlo ychydig yn swil ac ansicr ohono am ryw reswm – fel roedd hi gyda phawb ers symud i Abertawe.

'Shwt wyt ti, Megan fach?' gofynnodd yr hen ddyn. 'Hwde, cymer switsen fach yn glou, cyn i dy fam-gu weld!'

'Dwi'n gweld yn iawn, diolch, Arthur Morris!' atebodd Mam-gu a hanner gwên ar ei hwyneb, ond erbyn hynny roedd yr hen ŵr wedi gwthio losinen i gledr llaw Megan, ac wedi cau ei dwrn yn glep amdano.

'Diolch, Mr Morris,' meddai Megan mewn llais tawel. 'Esgusodwch fi, dwi am fynd i'r llofft.'

Doedd hi ddim mewn hwyliau i wrando ar sgwrsio Mam-gu ac Arthur Morris heno. Gwell ganddi fyddai mynd i'w hystafell i gychwyn ar ei stori.

'Gw-bei 'te, bach. A chofia, Arthur ydw i, nid Mr Morris!'

Wrth ddringo'r grisiau, agorodd Megan gledr ei llaw, a sylwodd mai losinen goch a roddodd yr hen ŵr iddi. Taflodd hi'n syth i'r bin sbwriel yn yr ystafell molchi, a golchi ei llaw deirgwaith cyn ei hargyhoeddi ei hun nad oedd ots ei bod wedi cyffwrdd mewn rhywbeth coch.

Yn ei llofft, penderfynodd Megan fynd ati i gofnodi rhai o'i syniadau ar gyfer ei stori 'Pe bawn i... '. Agorodd ddrôr y ddesg ac estyn am ei llyfr nodiadau arbennig – yr un a ddefnyddiai bob tro er mwyn creu ei chymeriadau a chynllunio'i straeon. Ynghanol yr annibendod yn y drôr, daeth ar draws llun mewn ffrâm ohoni hi a Mam a Dad, llun a dynnwyd yng ngardd y bwthyn yn Llanfair. Syllodd arno. Mor hapus yr edrychen nhw ill tri – Mam a Dad yn gafael yn dynn am ei gilydd, a hithau yn y canol, fel jam mewn brechdan. Hwn oedd yr unig lun o'r tri oedd ar ôl bellach. Cafodd Mam wared ar y lleill i gyd.

Gallai Megan gofio'n glir y diwrnod pan dynnwyd y llun. Diwrnod braf fis Awst y llynedd, a'r tri wedi bod i agoriad arddangosfa newydd Mam yn yr oriel. Roedd Dad newydd brynu camera digidol, ac yn arbrofi â'r botwm amseru. Cofiai mor falch, mor hapus y teimlai'r foment honno, heb ofid yn y byd. Hi a Mam a Dad, yn dri bach dedwydd, llon... Cofiai iddi bledio ar Dad i fynd â hi yn syth i'r dref y prynhawn hwnnw, i gael argraffu'r llun ac yna ei osod yn anrhydeddus mewn ffrâm...

Craffodd ar y llun gan chwilio'n daer, fel y gwnaeth ganwaith o'r blaen, am gliwiau, am unrhyw awgrym o'r hyn oedd i ddod, oriau'n unig yn ddiweddarach. Na, dim byd... dim ond tair gwên lydan, a chwe llygad disglair. Petai hi ond wedi gallu rhewi'r eiliad honno, am byth...

Roedd hi wedi ail-fyw noson y ffrae filoedd o weithiau yn ei meddwl dryslyd, ac roedd yr un hen gwestiynau'n parhau i'w phoenydio'n ddyddiol. Gwrthododd Mam esbonio dim iddi drannoeth – dim ond dweud bod Dad 'wedi mynd' ac na fyddai'n dod yn ei ôl. Chafodd hi ddim gair o esboniad wedi hynny chwaith. Châi Megan ddim sôn amdano – ddim yngan ei enw, hyd yn oed – erbyn hyn.

Ac yna'r symud disymwth o Lanfair fis Hydref, wrth i Mam osod y bwthyn ar rent a symud yma at Mam-gu, heb drafod nac esbonio dim. Chafodd hi ddim cyfle i ffarwelio â Leri, hyd yn oed...

Pam yn y byd nad oedd neb yn fodlon egluro dim iddi? Pa gyfrinach roedd Mam a Mam-gu'n ei chadw rhagddi? Beth oedd arwyddocâd y sibrydion a'r edrychiadau nerfus rhwng y ddwy? Ble ar wyneb daear oedd Dad? I ble'r aeth e mor ddisymwth y noson honno? Pam na ddaeth e 'nôl? Am beth buon nhw'n dadlau? Pam nad oedd e wedi cysylltu â hi o gwbwl? Oedd e'n dal yn fyw? Hwn oedd y cwestiwn anoddaf un.

Ac roedd Mam wedi newid cymaint hefyd – wedi newid o fod yn ddynes ifanc hapus a hawddgar, wrthi'n brysur bob munud o'r dydd, i fod yn dawel, diflas, di-fflach. A *thrist*. Doedd hi heb gydio mewn brwsh paent ers misoedd bellach, ac roedd fel petai wedi heneiddio blynyddoedd mewn ychydig wythnosau. Roedd y cyfan yn gawl potsh ym mhen Megan, yn un hunllef hir nad oedd modd deffro ohoni.

Roedd hi mor sicr, wrth iddi droi clust fyddar i'r sibrydion ar iard Ysgol Llanfair, y deuai Dad yn ei ôl yn y man. Doedd hi ddim mor siŵr erbyn hyn. Dathlodd ei phen-blwydd ym mis Tachwedd, a bellach roedd y Nadolig wedi dod ac wedi hen fynd, ond chlywodd hi'r un gair oddi wrtho. Ceisiodd ei hargyhoeddi ei hun nad oedd Dad yn gwybod eu bod nhw'n byw yma gyda Mam-gu, a taw dyna pam na fu mewn cysylltiad. Ond eto, pam ddim?

Gwyddai Megan fod ei Mam-gu wedi pellhau oddi wrthi hefyd. Arferen nhw ill dwy fod mor agos 'slawer dydd, pan ddeuai i aros atyn nhw yn Llanfair. Newidiodd popeth ar ôl iddyn nhw symud ati i fyw. Cadwai Mam-gu ei phellter, gan dreulio'i hamser yn y capel neu Ferched y Wawr neu ganolfan yr henoed, fel pe bai'n osgoi treulio gormod o amser yng nghwmni Megan. Roedd hithau hefyd yn celu rhywbeth. Ond beth?

Yn sydyn bloeddiodd arwyddgan *EastEnders* o'r ystafell fyw, gan gynnig achubiaeth i Megan rhag y cawdel o gwestiynau oedd yn troi yn ei meddwl dryslyd. Brysiodd i guddio'r llun yng ngwaelod y drôr. Âi Mam yn wyllt gacwn pe gwyddai ei fod yn dal ganddi.

Roedd hwyliau tipyn gwell ar Mam erbyn hyn, a dechreuodd holi Megan am hyn a'r llall. Ond doedd dim llawer o awydd siarad ar Megan. Roedd hi wedi blino'n lân ar ôl wythnos hir yn yr ysgol, ac roedd edrych ar y llun o Dad wedi codi hen grachen. Gwyliodd yr opera sebon mewn tawelwch, heb gymryd fawr ddim sylw o'r digwyddiadau ar y sgrin. Roedd cant a mil o gwestiynau'n parhau i chwyrlïo drwy'i phen, a'i meddwl ar grwydr. Pan orffennodd y rhaglen, penderfynodd fynd yn ôl i'w hystafell wely.

'Ti'n siŵr, cariad?' holodd Mam. 'Mae'n gynnar 'to, a 'sdim ysgol fory, cofia. O'n i ar fin mynd i 'neud mŵg bach o siocled poeth i ti. Hoffet ti hynny?'

'Na, dwi'n iawn diolch,' atebodd Megan. Byddai'n well ganddi gael llonydd yn ei llofft i ddechrau cynllunio'i stori. A beth bynnag, ei diod hi a Dad oedd siocled poeth. Arferai sleifio cwpanaid iddi, a bisged siocled neu ddwy, ar ôl i Mam fynd i'r gwely weithiau, os oedd hi'n cael trafferth cysgu. Eu cyfrinach fach nhw oedd honno. Ond doedd hi ddim am feddwl rhagor am Dad heno.

Yn ei hystafell wely, ceisiodd Megan fynd ati i nodi ambell syniad ynglŷn â'r stori fer yn ei llyfr nodiadau. Bu'n syllu'n hir ar y dudalen wag, ond doedd dim amynedd ganddi heno wedi'r cyfan, ac roedd y gwely'n galw. Gwell fyddai cael noson gynnar, a chodi'n ffres bore fory i ddechrau ysgrifennu.

Aeth at y ffenest, ac agor ychydig ar y llenni. Bob nos yn ddefodol ers iddi symud i Abertawe, byddai'n syllu cyn mynd i'r gwely ar hen ŵr y lleuad yn taflu'i olau dros y ddinas. Wrth edrych i fyny, byddai'n gobeithio'n dawel bach fod Dad, ble bynnag roedd e, yn syllu ar y lleuad hefyd. Oedd e'n cofio amdani hi, tybed?

Ar fin swatio o dan y dwfe roedd Megan pan glywodd gnoc ysgafn ar ddrws ei hystafell.

'Ti'n mynd i'r gwely'n barod?' holodd Mam o gil y drws.

'Ydw, dwi 'di blino'n rhacs.'

Camodd Mam i mewn i'r ystafell, ac eistedd ar erchwyn y gwely.

'Sdim byd yn bod, o's e, Meg?' holodd mewn llais tyner.

'Na, dim, jyst... jyst wedi blino, 'na i gyd.'

Closiodd Mam ati, a gafael yn ei llaw. Gwelodd Megan gip o'r prydferthwch hynod, unigryw – y prydferthwch a fu ar goll yn ddiweddar – yn wyneb ei Mam. Y gwallt cochlyd yn donnau gwyllt dros ei hysgwyddau; dau lygad disglair yn byllau gwyrddlas dwfn; y croen porslen, fel dol tseina fregus. Sylwodd hefyd ar y rhychau newydd a wnaeth eu marc, fel craciau brau yn y porslen, dros y misoedd diwethaf. Adroddai pob rhych ei ofid ei hun.

'Ti'n gwbod 'mod i'n meddwl y byd ohonot ti, yn dwyt ti, Meg?' holodd Mam yn ddirybudd.

'Ydw... wrth gwrs,' atebodd. Beth oedd achos hyn nawr?

'Da iawn. 'Na i gyd sy'n bwysig – ti a fi – ontefe, cariad?'

'A Mam-gu,' ychwanegodd Megan, ac er ei bod hi'n ysu i ychwanegu 'A Dad' hefyd, wnaeth hi ddim.

'Ie, ti'n iawn, a Mam-gu. Ma hi wedi bod yn ffeind iawn wrthon ni'n dwy, yndô? Chware teg iddi. Sa i'n gwbod be fydden i 'di neud hebddi dros y misoedd dwetha 'ma.'

Gwelodd Megan ddeigryn yn ffurfio yng nghornel un o'r pyllau gwyrddlas, a theimlodd afael Mam yn tynhau am ei llaw.

'Dwi jyst ishe i ti wbod 'mod i'n dy garu di, Meg, yn fwy na dim arall yn y byd i gyd. Be bynnag sy wedi digwydd, be bynnag neith ddigwydd, dwi'n dy garu di, ocê, bach?'

Llifai'r dagrau yn ddwy raeadr i lawr y gruddiau porslen erbyn hyn. Dechreuodd Megan deimlo'n anesmwyth, yn ofnus hyd yn oed. Pam roedd Mam wedi ypsetio cymaint? Nodiodd Megan ei phen yn araf, heb yngan yr un gair.

''Na ni, 'te. Cer di i gysgu nawr. Bydd popeth yn iawn yn y bore, dwi'n addo. Dwi jyst... dwi jyst mor sori am... bopeth... '

Roedd hi'n codi ofn ar Megan. Am beth yn y byd roedd hi'n sôn? Sori? Am beth? Oedd rhywbeth arall wedi digwydd, eto fyth?

Cusanodd Mam hi'n ysgafn ar ei thalcen, cyn codi a throi am y drws.

'Nos da, cariad,' meddai, cyn diffodd y golau a gadael Megan mewn tywyllwch. 'Ti *yn* deall, yn dwyt ti, Meg?' sibrydodd yn ysgafn cyn cau'r drws.

'Ydw,' atebodd Megan o'i gwely.

Ond doedd hi ddim. Doedd hi'n deall dim byd.

Pennod 11

Mewn cwch ar Lyn Gwawr oedden nhw. Dad a hithau. Roedd hi'n brynhawn Sadwrn braf, a phelydrau'r haul yn dawnsio'n chwareus ar wyneb llonydd y dŵr. Ddalion nhw fawr ddim heblaw ambell frithyll ers ben bore, ond doedd hynny ddim yn poeni rhyw lawer arnynt. Roedden nhw wrth eu boddau – yn clebran, yn rhannu jôc, yn ymlacio yn y llonyddwch godidog. Goleuai wyneb Dad, ei lygaid lliw siocled yn pefrio, wrth dynnu'i choes am hyn a'r llall, ac wrth adrodd hanesion amdano yntau'n pysgota gyda'i dad-cu, ei hen dad-cu hithau, flynyddoedd maith yn ôl. Er i Megan glywed y straeon ddegau, cannoedd o weithiau cyn hynny, ac er ei bod hi'n siŵr fod ambell hanesyn wedi ei orliwio, câi ei chyfareddu gan ddawn dweud stori Dad, a gwrandawai'n llawn chwilfrydedd ar bob gair.

Yna cafwyd plwc sydyn ar y wialen, a'u gorfoledd nhw ill dau wrth dynnu eog anferthol o'r dŵr yn atseinio dros y llyn. Dyna swper wedi'i sortio! Fedrai hi ddim aros i adrodd yr hanes wrth Leri yn yr ysgol fore Llun. Ac wrth iddi ddechrau nosi, a'r awyr yn troi'n gynfas godidog o goch, oren a melyn, roedd y byd i gyd mor dawel, mor heddychlon, mor berffaith…

Ond yna… cododd y gwynt o rywle'n ddirybudd, a chuddiwyd yr haul gan gymylau du. Agorodd yr awyr ei llifddorau, a dechreuodd y cwch bach siglo'n ôl ac ymlaen, yn ôl ac ymlaen yn wyllt ar wyneb aflonydd y dŵr. Gallai Megan deimlo'r cenllysg, fel bwledi amrwd, yn pinsio'i chroen ac yn chwipio'i hwyneb. Ar y gorwel, ymddangosodd corwynt du-lwyd brawychus, fel yr un a welodd Megan rywdro yn y ffilm am Dorothy yng ngwlad Oz, ac wrth i'r bwystfil nesáu â phob amrantiad, ceisiodd Dad rwyfo'n wyllt at y lan. Ond er ei holl ymdrechion gorffwyll, ni symudodd y cwch yr un fodfedd, dim ond parhau i siglo yn yr unfan wrth i'r corwynt ddod yn nes, ac yn nes, ac yn nes...

Rhoddodd Dad y gorau i'r rhwyfo, ac estyn ei freichiau cryfion i'w chysuro, i'w dal yn gynnes glyd yn ei fynwes. Byddai popeth yn iawn, dim ond iddi gyrraedd noddfa gysurlon breichiau ei thad. Llwyddodd i ddal yn un o'i ddwylo, ond roedd hi'n rhy hwyr. Cafodd ei amgylchynu gan y trobwll du-lwyd. Ceisiodd Megan ei gorau i gydio'n dynn yn ei law, ond roedd nerth y corwynt yn ormod iddi. Teimlodd law ei thad yn llithro'n araf bach o'i gafael. Ac wrth ei weld yn diflannu'n raddol wrth gael ei lyncu gan y trobwll didrugaredd, a'i ddwyn oddi arni, clywodd ei gri'n atseinio o'r dudew diwaelod,

'Dwi'n sori, cariad. Fydda i 'nôl i dy weld di cyn hir, dwi'n addo. Caru ti.'

Ac yna, dim byd, dim ond llonyddwch llwyr. Y tawelwch wedi'r storm. Yr awyr yn garped amryliw unwaith eto, a phelydrau'r haul yn dawnsio'n chwareus ar wyneb llonydd y dŵr. Ac wrth i'r cwch bach siglo'n ysgafn, yn ôl ac ymlaen, yn ôl ac ymlaen, gallai Megan deimlo'r ofn yn cynyddu yn ei pherfeddion. Roedd hi ar ei phen ei hun bach.

Caeodd ei llygaid, ac agor ei cheg i weiddi, ond roedd y geiriau mor hir yn dod...

'Daaaaaaaaaaaaaaaaaaaaaaaaaaaaad... '

Yn sydyn, agorodd Megan ei llygaid. Roedd hi'n chwys oer drosti. Syllodd o'i chwmpas yn wyllt. Ond yn hytrach na'r dŵr llonydd, yr awyr amryliw a'r coed bythwyrdd a amgylchynai Lyn Gwawr, gwelodd batrwm lliwgar cyrtens *paisley* Mam-gu, yr hen gwpwrdd dillad derw yn y gornel, a gwisg Ysgol

Gymraeg Maes Tawe blith draphlith ar lawr. Cymerodd rai eiliadau iddi sylweddoli lle roedd hi. Wrth gwrs, yn ei hystafell wely, yn nhŷ Mam-gu yn Abertawe. Mae'n rhaid taw hunllef oedd y cyfan. Diolch byth…

Ond eto… roedd y cyfan mor… mor *real*. Gallai hi daeru…

Caeodd ei llygaid yn dynn. Gwnaeth ei gorau glas i weld wyneb Dad, i glywed ei lais unwaith eto, i deimlo'i freichiau cryf yn dynn amdani, ond na, roedd e wedi diflannu unwaith eto. Wedi ei lyncu gan y tywyllwch dudew, wedi gadael am byth…

A doedd dim ar ôl bellach ond gwacter ac unigrwydd llethol. Teimlai Megan fel pe bai rhywun wedi dwyn ei chalon a'i rhwygo'n fil o ddarnau mân.

Roedd yn rhaid iddi godi – fedrai hi ddim aros yn y gwely. Gwisgodd amdani, a mynd lawr i'r gegin. Tarodd hen gloc Tad-cu ddeg o'r gloch. Bu Megan yn cysgu am dros ddeuddeg awr!

Roedd hi'n dawel fel y bedd yn y gegin. Cofiodd Megan mai heddiw oedd diwrnod trip Mam-gu i chwarae bowls gyda chriw canolfan yr henoed. Byddai hi wedi gadael ers ben bore, a fyddai hi ddim yn ôl tan yn hwyr y prynhawn. Roedd Mam yn dal yn ei gwely, a fyddai dim sôn amdani tan amser cinio o leiaf, yn enwedig o ystyried y botel win wag oedd ar fwrdd y gegin. Fyddai fawr o hwyl arni wedyn chwaith, meddyliodd Megan. Cofiodd, am eiliad, am foreau Sadwrn yn Llanfair, a Mam yn codi gyda'r wawr i bobi bara, i fynd am dro, i beintio llun…

Estynnodd frecwast iddi'i hun. Wrth fwyta, pendronodd beth i'w wneud â'r penwythnos hir oedd yn ymestyn o'i blaen. Penwythnos arall yn ei chwmni hi ei hun. Roedd hi wedi meddwl droeon ers symud i Abertawe pa mor braf fyddai cael brawd neu chwaer yn gwmni, rhywun i rannu gofidiau'r misoedd diwethaf â hwy. Doedd hi erioed wedi poeni am fod yn unig blentyn pan oedden nhw'n Llanfair. A dweud y gwir, roedd hi'n mwynhau bod yn ganolbwynt holl sylw Mam a Dad, yn gannwyll eu llygaid. Ond roedd hynny yn ystod y dyddiau da. Cyn i bopeth newid.

Aeth yn ôl i'w hystafell wely, ac eistedd wrth ei desg. Estynnodd am ei llyfr nodiadau. Penderfynodd y byddai'n mynd ati heddiw i gynllunio'i stori a dechrau ysgrifennu tipyn. Bu syniad ynglŷn â chymeriad yr hoffai ysgrifennu amdani yn cyniwair yn ei phen ers tro bellach, a byddai'n gweddu'n berffaith i'r teitl 'Pe bawn i… '. Roedd hi'n torri'i bol eisiau dechrau ysgrifennu.

Pennod 12

'Pe bawn i...'
(Portread o Seren Aur)

Pe bawn i'n Seren Aur, yn byw ar fferm Tyddyn Garreg ynghanol y bryniau, mi fyddwn i'n fodlon iawn fy myd.

Oedd, roedd hwnna'n ddechrau digon da, meddyliodd Megan. Yn fachog, yn syml, yn effeithiol.

Un ar ddeg oed yw Seren Aur ac mae hi'n byw gyda'i mam a'i thad a'i brodyr a'i chwaer mewn pentref bach yng ngorllewin Cymru. Mae ganddyn nhw ddefaid a gwartheg a moch a ieir a chathod a chŵn a geifr ar y fferm. Ond y ceffylau sydd orau ganddi. Mae hi'n dwlu ar geffylau.

Bydd hi'n cystadlu'n aml mewn cystadlaethau marchogaeth a sioeau dangos ceffylau, ac yn ennill bob tro, fwy neu lai. A dweud y gwir, mae Seren Aur yn gyfarwydd iawn ag ennill, a dydy hi ddim yn hoffi bod yn ail i neb. Cystadlaethau canu, llefaru, coginio, trawsgwlad, galas nofio... Llwyddodd gyda rhagoriaeth yn ei harholiadau piano (Gradd 5), telyn (Gradd 4) a balé (Gradd 3) eleni.

Gwallt golau fel tywod euraid sydd gan Seren Aur, a hwnnw'n disgyn yn donnau sgleiniog dros ei hysgwyddau. Mae ganddi wên siriol fel yr haul ar ddiwrnod braf o haf, a dau lygad gwyrddlas, dwfn, fel llynnoedd Teifi. Mae hi'n gwisgo dillad ffasiynol o'i chorun i'w sawdl bob amser.

Ceisiodd Megan feddwl am gymariaethau effeithiol. Byddai Mrs Tomos yn eu hannog bob amser i ddefnyddio digonedd o gymariaethau ac ansoddeiriau pan oedden nhw'n gwneud tasgau ysgrifennu yn Ysgol Llanfair.

Mae hi'n ferch annwyl, ddoniol, ddymunol, gyfeillgar, garedig, dlos, hoffus a chall, ac yn hapus fel y gog bob amser. Mae'n hyderus, er nad yn rhy hyderus chwaith.

Yn yr ysgol, mae pawb am fod yn ffrind i Seren Aur. Hi yw'r gyntaf i gael ei dewis bob tro ar gyfer y timau amser chwarae, a bydd y merched eraill i gyd am y gorau i gael eistedd wrth ei hymyl yn y gwersi! Mae hi'n gofalu am bawb ac yn ystyriol iawn o'i ffrindiau. Ei ffrindiau gorau yw Anest, Sioned a Meleri, ac mae'r tair ym Mlwyddyn 6 gyda hi.

Gwydion a Gruffudd yw enwau ei brodyr, a Dyddgu yw enw ei chwaer. Mae Gwydion yn dair ar ddeg, ac yn mynd i'r ysgol uwchradd yn y dre. Mae'n dipyn o bishyn, ac yn boblogaidd iawn gyda'r merched! Mae e'n dda iawn mewn chwaraeon. Wyth oed yw Dyddgu, ac mae hi a Seren yn gwmni mawr i'w gilydd, yn chwarae ar y beics, yn gwisgo lan yn eu llofft, yn helpu Dad ar y fferm. Maen nhw'n chwiorydd, ac yn ffrindiau pennaf hefyd. Tair oed yw Gruffudd – bach y nyth, y cyw melyn olaf. Mae e'n annwyl iawn, ac yn dipyn o gymeriad! Bydd Seren wrth ei bodd yn helpu Mam i ofalu amdano.

Roedd Megan yn cael hwyl arni erbyn hyn.

Lle llawn bwrlwm yw Tyddyn Garreg. Mae pawb yno'n brysur bob munud o'r dydd – Mam yn coginio'i chacennau *arbennig. Dad yn gweithio fel lladd nadroedd ar y fferm, a'r plant wrth eu boddau ynghanol y cwbwl. Bydd pawb yn eistedd gyda'i gilydd wrth fwrdd mawr derw yn y gegin bob amser brecwast, te a swper, yn sgwrsio, yn tynnu coes, yn chwerthin lond eu boliau. Does dim cyfle i deimlo'n unig yn Nhyddyn Garreg.*

Idiomau. Roedd angen mwy o idiomau, meddyliodd Megan. Byddai Miss Owen ar ben ei digon wedyn!

Mae hi fel ffair yno bob dydd, ond yn enwedig ar ddiwrnod Nadolig! Pawb am y gorau i agor eu hanrhegion, a phawb yn wên o glust i glust wrth fwyta cinio bendigedig Mam. Diwrnod i'r brenin yn wir!

Edrychodd Megan ar y cloc ar ei desg. Roedd hi'n cael hwyl dda ar y sgwennu, ond roedd yr holl sôn am fwyd yn gwneud iddi deimlo'n llwglyd. Roedd hi'n hanner awr wedi deuddeg. Amser cinio!

Aeth i'r gegin. Doedd dim sôn am Mam o hyd. Teimlai'r tŷ mor wag a digroeso â mynwent. Gwnaeth Megan frechdan a phaned yr un iddyn nhw ill dwy, cyn dringo'r grisiau a chnocio'n ysgafn ar ddrws ystafell wely Mam. Dim ateb.

'Mam?' galwodd yn ysgafn.

'O, Meg, cariad, dere mewn, bach,' atebodd llais gwan.

Agorodd Megan y drws. Gwelodd fod y llenni'n dal ar gau, a bod gwerth dyddiau, wythnosau o ddillad wedi'u taflu'n flêr ar hyd y llawr. Ar y cwpwrdd bach wrth y gwely roedd mygiau a phlatiau brwnt yn un pentwr simsan, fel tŵr enwog Pisa, a phacedi sigaréts gweigion ym mhob man. Gorweddai Mam yn llonydd fel delw, a'r blancedi wedi'u tynnu o'i hamgylch yn dynn. Aeth Megan at y gwely, a chynnig y cinio iddi.

'O diolch bach, ti'n werth y byd, wyt wir.'

Sylwodd Megan ar y cryndod yn llais ei Mam, a phan ymddangosodd o'r diwedd, roedd ei llygaid yn goch a dagreuol.

'Ti'n ocê, Mam?' holodd, cyn mynd ati i agor y ffenest er mwyn cael gwared ar yr arogl stêl, digalon, diflas o'r ystafell.

'Ydw, Meg, grêt.'

Celwydd.

'Dyw hi byth yn un o'r gloch, yw hi?' Craffodd ar y cloc ar bwys y gwely.

'Ydi. Ti 'di cysgu trwy'r bore! Pam na chodi di nawr? Allen ni fynd am dro, neu... '

'Ie, ie, fe goda i nawr yn y funud, dwi ddim yn teimlo'n rhy sbesial, 'na i gyd, wedi blino tamed bach... ' Celwydd arall.

'Fyddet ti'n teimlo gyment gwell ar ôl codi. Allen ni fynd lawr i'r traeth, neu fynd i siopa, neu gallet ti ddechre peintio llun. Bydde hynny'n neis... '

'Ocê, ocê, Meg, fe dria i godi nawr, 'wedes i,' cyfarthodd Mam yn ddiamynedd.

Trodd Megan i gerdded at y drws. Doedd dim pwynt ceisio dal pen rheswm â hi pan oedd hi fel hyn.

'Sori, cariad.' Roedd llais Mam yn addfwynach y tro hwn. 'Drycha, fydda i ar 'y nhraed cyn bo hir nawr, a falle allwn ni fynd i rywle, ie? Rho ddeg munud i fi, ac fe goda i, dwi'n addo.'

Ond wnaeth hi ddim. Aros yn y gwely wnaeth hi, a welodd Megan mohoni hyd nes y daeth Mam-gu adref ddiwedd y prynhawn. Bu Megan ar ei phen ei hun yn ei llofft am weddill y dydd, yn synfyfyrio am Seren Aur a'i bywyd perffaith, ac yn ysgrifennu.

Hoff bynciau Seren Aur yn yr ysgol yw Cymraeg, Mathemateg, Hanes, Celf ac Ymarfer Corff. Ond, mewn gwirionedd, mae hi'n wych ym mhob pwnc – y gorau yn y dosbarth heb os. Bydd hi'n cael marciau llawn ym mhob prawf, ac mae ganddi lawysgrifen daclus, daclus, fel pin mewn papur. Yn ôl Miss Evans, ei hathrawes, mae'n 'bleser pur' cael marcio'i gwaith bob amser.

Mae Seren Aur yn brysur byth a beunydd. Mae hi'n mynychu clwb celf ar nos Lun, gwersi piano ar nos Fawrth, clwb nofio ar nos Fercher, gwersi telyn ar nos Wener, a gwersi dawnsio bob nos Iau a bore dydd Sadwrn! Bydd hi hefyd yn cystadlu mewn eisteddfodau ac mewn sioeau ceffylau, wrth gwrs, dros y penwythnos. Mae ei mam yn dweud nad oes digon o oriau mewn diwrnod iddi wneud popeth!

Enwau ei cheffylau yw Eira a Jacob. Hen ferlen fynydd Gymreig yw Eira, ac mae ei chot yn feddal, feddal fel carthen wlân, ac yn wyn fel y galchen. Côt ddu, fel melfed llyfn, sydd gan Jacob. Bydd Seren wrth ei bodd yn helpu Mam i baratoi'r ceffylau at y sioeau – eu golchi'n ofalus, plethu eu myngau a'u cynffonnau, a brwsio'u cotiau nes eu bod yn sgleinio.

Mae hi ar ben ei digon hefyd yn rhoi pob gewyn ar waith wrth helpu Dad ar y fferm – yn bwydo'r defaid, yn hel y gwartheg i'w godro, yn casglu wyau ffres o'r cwt ieir. Y gwanwyn yw ei hoff dymor ar y fferm, pan fydd y coed yn blaguro, y borfa'n wyrdd o dan draed, a holl fyd natur fel pe bai'n deffro o'i drwmgwsg hir. A'r ŵyn swci wrth gwrs – mae hi'n dwlu ar yr ŵyn swci!

Roedd yn anodd canolbwyntio ar ei gwaith a sŵn y traffig yn gyrru'n ddiddiwedd heibio ffenest y llofft yn nhŷ Mam-gu. Meddyliodd Megan am ei hystafell wely yn Llanfair, a'r olygfa odidog dros yr ardd gefn a'r bryniau yn ysbrydoliaeth berffaith. Lle delfrydol i'w meddyliau a'i dychymyg grwydro'n rhydd.

Erbyn i Mam-gu gyrraedd adre am chwech o'r gloch, gan ddod â phryd parod Tsieineaidd i swper o'r siop ar waelod y stryd, doedd gan Megan ddim amynedd ysgrifennu rhagor. Roedd yr awen wedi hen ddiflannu. Noson ddigon digynnwrf gawson nhw − Megan a Mam a Mam-gu − yn bwyta'r *takeaway*, ac yn gwylio ffilm ddiflas nad oedd gan Megan lawer o ddiddordeb ynddi.

Pan gododd Megan fore trannoeth, cafodd syndod o weld bod Mam i lawr yn gegin yn barod, a bod brecwast mawr o dost, grawnfwyd a ffrwythau ffres yn aros amdani. Rhaid bod ei mam wedi codi'n gynnar i fynd i'r siop.

'Bore da, cariad,' cyfarchodd Mam hi'n hwyliog, 'a beth hoffet ti 'neud heddi?'

'Ym... sai'n siŵr... be ti'n feddwl?'

Roedd Megan yn syfrdan. Doedd hi heb weld Mam mewn cystal hwyliau er cyn cof.

'Wel, meddwl o'n i... dwi'n gwbod mod i ddim 'di bod yn gwmni rhy sbesial yn ddiweddar − dwi jyst ddim wedi bod yn teimlo'n rhy dda, t'mod. Licen i neud yn iawn am hynny − mynd â ti mas am y dydd − trêt bach. Felly, ble licet ti fynd?'

Wyddai Megan ddim beth i'w ddweud. Bu'n dyheu am hyn byth ers iddi symud i Abertawe − cael treulio diwrnod arbennig gyda Mam, fel yr arferen nhw wneud ers talwm, a'i gweld yn hapus unwaith eto. Ceisiodd feddwl yn gyflym.

'Wel... fydde dim ots 'da fi fynd i siopa, i ganol y ddinas...'

'Siopa amdani 'te!' atebodd Mam yn llawn brwdfrydedd.

'... a mynd i'r traeth ar y ffordd 'nôl falle...?'

'Swnio'n grêt i fi!'

Pennod 13

Wedi iddynt hel eu pethau, cerddodd y ddwy fraich ym mraich i ddal y bws ar ben y stryd, gan sgwrsio a chwerthin yn ddi-baid, yn union fel yn yr hen ddyddiau. Ac wrth afael yn llaw Mam ar y bws a gweld, yn nyfnderoedd ei llygaid, awgrym o'r person hapus, hwyliog yr arferai hi fod, llwyddodd Megan i anghofio, am foment o leiaf, am holl boen y misoedd diwethaf.

Dim ond am foment…

Roedd canol y ddinas fel ffair, a'r rhan fwyaf o'r siopau'n llawn dop o gwsmeriaid, fel adar ysglyfaethus, yn chwilio'n awchus am fargeinion yn y sêls. Buon nhw ill dwy'n edrych yn rhai o'r siopau dillad, ond er i Mam gynnig yn garedig brynu ambell ddilledyn a aeth â'i bryd, gwyddai Megan na allai fforddio gwneud hynny mewn gwirionedd. Gwrthod fyddai orau. Ond doedd dim cymaint o flas mewn edrych wedyn, rywsut.

Roedd y brif stryd a'r canolfannau siopa dan eu sang, yn fôr o wynebau dieithr, ac yn ddienaid braidd. Ychwanegwyd at y dyrfa fawr gan filoedd o gefnogwyr tîm y Swans a oedd wedi heidio i'r ddinas i'w gweld yn chwarae gêm gynghrair bwysig y prynhawn hwnnw. Daliodd Megan yn dynnach fyth yn llaw ei mam. Doedd hi ddim yn hoffi hyn. Gallai deimlo waliau llwydion, enfawr y ddinas yn cau amdani, yn ei mygu bron. Roedd y cyfan mor gaeëdig, mor amhersonol, mor glawstroffobaidd. Nid fel hyn y dychmygodd hi drip bach i siopa gyda Mam ar ddydd Sul.

Ar ôl rhyw awr o grwydro a gwthio'n ddiamcan drwy'r torfeydd, roedd y ddwy'n barod i adael.

'Y traeth amdani, ie, cariad?' cynigiodd Mam, wrth weld anniddigrwydd amlwg Megan. 'Bydd gwynt y môr yn siŵr o ddod â lliw 'nôl i'r gruddie 'na!'

Bydd, meddyliodd Megan. Awyr iach, ac ehangder diben-draw y traeth – dyna'n union beth oedd ei angen arni.

'Aros di fan hyn, iawn, bach?' dywedodd Mam yn sydyn wrth basio siop bapurau newydd. ''Nes i addo i Mam-gu y bydden i'n prynu papur dydd Sul iddi. Paid ti â symud modfedd. Fydda i ddim yn hir nawr.'

Gadawodd Megan yn sefyll wrth fainc bren ger ffynnon ddŵr ynghanol y ganolfan siopa. Roedd y torfeydd yn dal o'i chwmpas ar bob llaw. Safodd Megan yn stond, heb symud blewyn, ei llygaid wedi'u hoelio ar Mam yn sefyll yn rhes hir y stondin bapurau. Teimlai'n anesmwyth. Roedd yn gas ganddi fod ar ei phen ei hun bach ynghanol yr holl bobl ddieithr. Cyn belled â bod ei mam o fewn golwg, darbwyllodd ei hun, fe fyddai hi'n iawn.

Yna, cofiodd yn sydyn am y llythyr yn ei phoced. Llythyr at Leri. Roedd hi wedi bwriadu'i bostio heddiw er mwyn iddo gyrraedd ei ffrind gorau fory neu drennydd. Edrychodd i gyfeiriad Mam. Roedd hi'n dal yn bell yn ôl yn y ciw, ac fe fyddai hi yno am dipyn eto yn ôl pob golwg. Trwy gornel ei llygad sylwodd ar flwch postio wrth allanfa'r ganolfan siopa i'r chwith iddi, rhyw ganllath i ffwrdd. Oedd ganddi ddigon o amser i fynd draw yno ac yn ôl cyn i Mam ddod allan o'r siop? Oedd, yn bendant...

Ceisiodd dynnu sylw Mam, ond roedd honno â'i phen yn ddwfn mewn papur newydd.

Eiliad fydda i, meddyliodd Megan. Trodd ar ei sawdl a cherdded yn frysiog tua'r blwch postio. Wrth ollwng y llythyr drwy'r hollt, gan geisio'i gorau i beidio â chyffwrdd yn y blwch postio coch, clywodd lais gwawdlyd y tu ôl iddi.

'Writin' to your boyfriend, are you?'

Trodd yn sydyn i wynebu criw o bump o fechgyn yn eu harddegau yn sefyll mewn hanner cylch bygythiol o'i chwmpas. Bu bron i'r gemwaith aur am eu gyddfau a'u garddyrnau ddallu Megan. Er nad oedden nhw'n edrych fawr hŷn na phedair ar ddeg neu bymtheg oed, ac er taw dim ond amser cinio dydd Sul oedd hi, roedd caniau cwrw yn nwylo pob un. Roedden nhw'n amlwg wedi bod yn yfed. Teimlodd Megan don o banig yn saethu drwyddi.

'Well, who is he, then? Who's the lucky boy?' holodd un o'r bechgyn yn wawdlyd, ac ymunodd ei ffrindiau yn y chwerthin creulon.

'Oh, look, she's gone all shy. Come on, you can tell us, we won't tell no-one,' meddai un arall, cyn chwerthin yn atgas.

Roedd meddwl Megan ar ras wyllt. Edrychodd o'i chwmpas. Beth fedrai hi ei wneud? Roedd pump o fechgyn meddw yn ei hamgylchynu a doedd dim gobaith ganddi ddianc. Duw a ŵyr beth fydden nhw'n ei wneud iddi. Roedd hi wedi clywed straeon erchyll am blant yn mynd ar goll wrth fynd allan i siopa, yn cael eu cipio, neu waeth...

'You got any money, love?' holodd un o'r bechgyn bygythiol. 'Cos we're a bit skint, like...'

Aeth Megan yn chwys oer drosti. Roedd yn rhaid iddi wneud rhywbeth. Ac yna'n sydyn, teimlodd nerth o rywle.

'Leave me alone!' gwaeddodd nerth ei phen cyn cicio un o'r bechgyn yn ei goes yn galed. Gwingodd hwnnw mewn poen gan roi cyfle i Megan wthio heibio iddo'n gyflym.

'Oy, we were only teasing, like. You gotta learn how to take a joke,' clywodd un arall o'r criw'n gweiddi ar ei hôl. 'You stupid little girl!'

Yna'r chwerthin cras eto.

Ond throdd Megan ddim i edrych arnyn nhw. Rhedodd

nerth esgyrn ei thraed o'r blwch postio i gyfeiriad y ffynnon a'r meinciau pren yng nghanol y ganolfan siopa. Roedd chwys yn diferu o'i thalcen erbyn hyn, a'i choesau'n crynu fel jeli. Clywodd ambell lais o'r dorf yn holi a oedd hi'n iawn, ond anwybyddodd hwy. Y cyfan oedd yn bwysig iddi oedd gweld Mam...

Gwthiodd yn wyllt yn erbyn y dyrfa o siopwyr a lifai tuag ati, gan ennyn edrychiadau rhyfedd ac ambell ochenaid ddiamynedd. Teimlai fel pe bai'n boddi yn y môr o wynebau dieithr, heb obaith o gyrraedd y lan. Mam... ble roedd Mam?

O'r diwedd, cyrhaeddodd yn ôl at y ffynnon, a'r fainc. Diolch byth. Ond ai hon oedd y fainc gywir? Edrychodd o'i chwmpas yn wyllt. Roedd pedair mainc yr un fath yn union yn amgylchynu'r ffynnon, un ar bob ochr. Oedd hi wrth yr un gywir? Roedd yn amhosibl gweld yn bellach na'i thrwyn ynghanol yr holl bobol, ac roedd hi wedi drysu'n lân erbyn hyn. Edrychodd am y siop bapurau newydd. Gwelodd hi o'r diwedd, ond doedd dim golwg o Mam yn y rhes. Teimlodd Megan y dagrau'n cronni yn ei llygaid, a'r ofn yn cnoi ynddi.

Brwydrodd drwy'r dorf unwaith yn rhagor, a chyrraedd yr ail fainc. Dim golwg o Mam. Nac wrth y drydedd fainc chwaith.

'Dyna ni,' meddyliodd Megan wrthi'i hun trwy'i dagrau. 'Dwi ddim am ei gweld hi byth eto... '

Ond yna, pan gyrhaeddodd y bedwaredd fainc, dyna lle safai Mam. Edrychai o'i chwmpas yn banics gwyllt, a'i hwyneb yn llawn gofid. Safai swyddog diogelwch gyda hi, yn cofnodi manylion yn ofalus mewn llyfr nodiadau.

'Meg! Lle ti 'di bod?!' llefodd, pan welodd Megan. 'O'n i'n meddwl... wel, sa i'n gwbod beth o'n i'n meddwl...'

'Sori,' beichiodd Megan. 'Sori.'

Ar ôl sicrhau'r swyddog diogelwch fod pob dim yn iawn, a diolch iddo am ei help, trodd Mam at Megan.

'O dere 'ma 'nghariad bach i.' Roedd ei llais yn dynerach y tro hwn. Cofleidiodd ei merch yn hir yn ei breichiau. Teimlai Megan mor saff. Doedd hi ddim am i Mam ollwng gafael ynddi, ddim byth.

'Ma'n ddrwg 'da fi am weiddi, ond ges i lond twll o ofan. Plis paid â neud dim byd fel'na i fi eto, ti'n clywed?'

'Ydw, sori. 'Nes i ddim trio... '

'Na, na, dwi'n gwbod. Paid â llefen nawr, 'na ferch dda. Dere, ewn ni am y traeth, ie?'

Cydiodd Megan yn dynnach nag erioed yn llaw Mam wrth gerdded trwy'r ganolfan siopa at yr orsaf fysys. Ddywedodd yr un o'r ddwy air wrth ei gilydd gydol y daith ar y bws i draeth Abertawe, dim ond cydio'n dawel yn nwylo'i gilydd. Roedd golwg bell yn llygaid Mam wrth iddi syllu drwy'r ffenest. Teimlai Megan mor euog. Roedd hi wedi difetha'u diwrnod arbennig.

Pennod 14

Chwipiai gwynt rhewllyd mis Chwefror yn erbyn eu hwynebau wrth iddynt gamu o'r bws yn y maes parcio ger y traeth. Deffrodd Megan drwyddi i gyd. Wrth iddi gamu ar y tywod gwlyb, clywai sŵn rhuo gwyllt y tonnau yn y pellter, yn eu gwahodd yn nes.

Mor heddychlon oedd hi yno, meddyliodd Megan, ac mor dawel, oni bai am ruo lleddf y tonnau a llef ambell wylan. Mor gwbl wahanol i ddryswch y ddinas. Doedd fawr neb arall yno, heblaw am gwpwl oedrannus yn cerdded eu cŵn, grŵp o fyfyrwyr yn herio'r tonnau, a phâr ifanc cariadus yn cerdded law yn llaw.

'Dere, ewn ni i lawr at y dŵr,' meddai Mam o'r diwedd.

Safodd y ddwy yn hir ar lan y môr, gan wylio'r tonnau'n llyfu'r tywod a'u traed yn chwareus. Caeodd Megan ei llygaid yn dynn ac anadlu'n ddwfn, gan lenwi'i hysgyfaint a'i ffroenau i'r ymylon ag awyr iach Bae Abertawe a'r arogleuon arbennig a'i hamgylchynai. Arogl tywod a gwymon a heli. Arogl rhyddid.

Pan agorodd ei llygaid, gwelodd fod Mam yn syllu tua'r gorwel, a golwg bell ar ei hwyneb.

'Ti'n iawn, Mam?' gofynnodd iddi.

'Ydw, ydw, bach,' atebodd ar ôl sbel. 'Jyst meddwl, 'na i gyd...'

Tynnodd Megan yn dynnach ati, a chusanu'i gwallt yn dyner. 'Jyst meddwl pa mor lwcus ydw i o dy gael di, a pha mor ofnadw o'n i'n teimlo gynne pan est ti ar goll. Dwi ddim yn gwbod be wnawn i hebddot ti ar ôl popeth, Meg.'

Dechreuodd llais Mam dorri. Cydiodd Megan yn dynnach ynddi.

'Sori Mam,' sibrydodd, ond cipiwyd ei geiriau gan y gwynt.

Safodd y ddwy yno ym mreichiau ei gilydd, heb yngan yr un gair, am sbel eto. Yna, tarfwyd ar y tawelwch gan sŵn sgrechiadau cynhyrfus merch fach tua phum mlwydd oed, yn sblasio yn y dŵr gerllaw. Yno gyda'i rhieni oedd hi – cwpwl yn eu tridegau hwyr, y tad â'i fraich o amgylch y fam, a'r ddau'n edrych yn gariadus ar ei gilydd ac ar y plentyn. Syllodd Megan arnynt. Wrth weld yr agosatrwydd rhyngddynt dygwyd hi'n ôl, am eiliad, i'w tripiau nhw 'slawer dydd – hi a Mam a Dad – i draethau Aberystwyth, Aberaeron, Cei Bach, Tresaith. Y tripiau a ysbrydolodd lawer iawn o luniau gwych Mam…

Gwelodd fod ei mam hefyd yn syllu ar y teulu bach, ac roedd hi'n siŵr, wrth weld y dagrau'n cronni'n ei llygaid, ei bod hithau hefyd ar goll yn atgofion y gorffennol. Roedd hi'n ysu am ofyn iddi, i gael gwybod beth ddigwyddodd, beth aeth o'i le, ble roedd Dad, a pham nad oedd byth sôn amdano… Ond fedrai hi ddim, ddim ar ôl ypsetio Mam gymaint yn y ganolfan siopa. Byddai'n rhaid i'r cwestiynau aros heb eu hateb, am y degfed, y canfed tro.

Gadawon nhw'r traeth yn fuan wedyn, a dal y bws yn ôl i dŷ Mam-gu. Roedd Mam wedi blino'n lân, ac yn dawel a mewnblyg unwaith eto, ac aeth i orwedd drwy'r prynhawn ar ôl cyrraedd y tŷ. Roedd Mam-gu draw gydag Arthur Morris drws nesaf. Wyddai Megan ddim beth i'w wneud.

Roedd gêm bêl-droed Lerpwl yn erbyn Chelsea ar y teledu. Ar un adeg, fyddai Megan ddim wedi colli gêm fel hon am y byd i gyd yn grwn. Byddai wedi bod yno o flaen y sgrîn, ei chrys Lerpwl amdani, yn gwylio pob cic, pob peniad, pob tacl. Neu'n well fyth, os oedd hi'n ffodus iawn, byddai'n sefyll ar y teras swnllyd yn Anfield.

Ond ddim heddiw. Doedd dim pwynt gwylio'i hoff dîm yn chwarae, ddim heb Dad. A beth bynnag, fedrai hi ddim yn ei byw â gwisgo crys coch Lerpwl mwyach.

Aeth i'w llofft, ac estyn am ei llyfr nodiadau. Dechreuodd ysgrifennu.

Mae Seren Aur a'i mam yn agos iawn. Maen nhw'n hoff o fynd i siopa gyda'i gilydd i'r dre ar brynhawn dydd Sadwrn. Cerdded fraich ym mraich ar hyd y strydoedd, sbecian yn y siopau a'r farchnad, mynd am baned a chacen a chlonc i Gaffi Nel, sgwrsio'n ddi-baid â hwn a'r llall am bopeth dan haul. Maen nhw'n fwy fel chwiorydd na mam a merch. Ac mae ei mam mor garedig, yn prynu pob math o bethau iddi bob tro — dillad, llyfrau, CDs, DVDs, gemwaith, a cholur weithie, hyd yn oed.

Bydd Dad yn mynd â Seren a Gwydion a Dyddgu i wylio gêmau rygbi hefyd, o bryd i'w gilydd.

Roedd Megan yn hoff o'r ymadrodd hwnnw — *'o bryd i'w gilydd'*.

Mae Gruffudd yn rhy ifanc i fynd ar hyn o bryd. Maen nhw'n cefnogi tîm Cymru, wrth gwrs, a'r Gleision.

Cyn hir, roedd hi'n amser swper, a rhoddodd Megan y gorau i ysgrifennu. Yna daeth amser gwely, a thynnodd penwythnos arall tua'i derfyn.

Fory, byddai'n ddechrau wythnos arall yn Ysgol Gymraeg Maes Tawe, meddyliodd Megan wrthi'i hun. Mewn ffordd, roedd hi'n barod i fod yn ôl yng nghanol bwrlwm yr ysgol wedi penwythnos unig arall, er mai ar ei phen ei hun y byddai hi yno, mewn gwirionedd. Ond doedd ganddi fawr o amynedd gwrando ar Miss Owen yn pregethu am eisteddfod yr ysgol ac yn canmol Siwan Fflur a'i chriw i'r cymylau am wythnos gyfan, chwaith.

Pennod 15

Fore trannoeth roedd plant Blwyddyn 6 yn llawn o hanesion am barti pen-blwydd Siwan Fflur yn y ganolfan fowlio, a neb yn clochdar yn uwch na Siwan Fflur ei hun. Roedd Megan wedi hen syrffedu gwrando arnyn nhw erbyn amser egwyl y bore, ac roedd hi'n difaru fwyfwy iddi wrthod y gwahoddiad.

Ar ôl cinio, galwodd Mr Hughes ddisgyblion Cyfnod Allweddol 2 ynghyd i neuadd enfawr yr ysgol. Dechreuodd drwy sôn am Eisteddfod Gŵyl Ddewi'r ysgol, a gofyn i'r plant rannu i'w tai – Tawe, y tŷ gwyrdd; Gŵyr, y tŷ melyn; a Llwchwr, y tŷ coch.

'A'r plant sy'n newydd i'r ysgol, ac sy heb gael eu rhoi mewn tai eto, mae gen i restr fan hyn i ba dŷ mae pawb yn perthyn,' meddai'r Pennaeth yn ei lais awdurdodol.

Wrth wrando arno'n darllen yr enwau, aeth Megan yn chwys oer drosti.

'Plis, dim y tŷ coch!' ymbiliodd wrthi'i hun. 'Unrhyw beth ond y tŷ coch...'

'Megan James, Blwyddyn 6... '

Croesodd Megan ei bysedd chwyslyd y tu ôl i'w chefn. Croesodd bopeth.

'... tŷ Llwchwr.'

NA!!! Doedd hyn ddim yn bosibl! Teimlai Megan yn swp sâl. Fedrai hi ddim bod yn aelod o'r tŷ coch, *fedrai* hi ddim...

Ond eto, pa ddewis oedd ganddi? Esbonio i Mr Hughes ynglŷn â'i ffobia o'r lliw coch – ei bod yn ei gysylltu â'i thad yn gadael yr holl fisoedd yn ôl yn ei grys Lerpwl coch, ac â'r holl bethau gwael a ddigwyddodd wedyn? Go brin! Doedd dim amdani ond cadw'n dawel a derbyn y sefyllfa, er mor anodd fyddai hynny.

Treuliwyd y prynhawn hwnnw, a phob prynhawn yn ystod gweddill yr wythnos, yn ymarfer gwahanol eitemau ar gyfer eisteddfod yr ysgol. Roedd disgwyl i bob disgybl fod yn aelod o gôr a pharti merched neu fechgyn eu tŷ. Ond, er mawr syndod iddi, cafodd Megan ei dewis i fod yn aelod o barti llefaru a pharti cerdd dant tŷ Llwchwr hefyd.

Ac, yn dawel bach, roedd hi'n eithaf mwynhau'r ymarferion a'r holl sôn am yr eisteddfod, er nad oedd hi'n dawel ei meddwl o hyd ynglŷn â bod yn aelod o'r tŷ coch. Roedd Macsen Jones a Siwan Fflur yn aelodau o dŷ Llwchwr hefyd, ac fe fuon nhw'n ddigon clên wrthi yn ystod yr ymarferion – yn enwedig Macsen.

Aeth yr wythnos heibio fel y gwynt ynghanol holl fwrlwm paratoadau'r eisteddfod, a chyn hir roedd hi'n nos Iau. Eistedd yn bwyta swper gyda Mam a Mam-gu ar ôl ysgol roedd Megan pan gofiodd Mam-gu'n sydyn bod llythyr wedi cyrraedd iddi.

'Sori, bach, anghofies i'r cwbwl – dda'th hwn i ti bore 'ma. Wrth Leri ma fe, ife?'

Ie, llawysgrifen gyfarwydd Leri oedd ar yr amlen. Aeth Megan i'w llofft, a'i rhwygo ar agor yn llawn cyffro. Dechreuodd ddarllen y llythyr yn awchus.

Annwyl Meg,
Diolch am dy lythyr, fe ges i fe bore 'ma. Dwi'n falch clywed dy fod di'n dal i fwynhau ysgrifennu. Dwi'n gobeithio y gwnei di ennill y Gadair yn eisteddfod yr ysgol! Pob lwc!

Dwi wedi dweud wrth Mam y byddi di'n dod i aros ar ddechrau'r gwyliau hanner tymor. Bydd hynny'n grêt – gewn ni gymaint o hwyl, yn union fel yn yr hen ddyddie! A bydd pawb yn Llanfair mor falch o dy weld di!

Fe ddaeth ymwelwyr i'r ysgol heddi. Tri dyn mewn siwtiau. O'r Cyngor Sir oedden nhw, yn ôl Mrs Tomos. Buon nhw'n cerdded rownd yr ysgol trwy'r prynhawn, yn edrych ar yr adeilad, yn mynd trwy'n llyfrau gwaith ni, yn holi cwestiynau i Mrs Jones a Mrs Tomos, ac i ni'r plant hefyd. Mae Mam yn dweud mae dod i 'asesu sefyllfa'r ysgol' oedden nhw, a bod 'ymgynghoriad ar y gweill'. Dod i weld a ddylai'r ysgol gau neu beidio, mewn geiriau eraill.

Ar ôl i ti adael, fe ddisgynnodd nifer y plant i un deg pump, a ddechreuodd neb yn y dosbarth Derbyn ar ôl gwylie'r Nadolig. Mae Mam yn dweud nad oes neb yn debygol o ddechrau ar ôl gwyliau'r Pasg chwaith. Mae'n bosib iawn y bydd yn rhaid i Mrs Jones golli'i swydd, gan na fydd digon o blant i gyfiawnhau cael dwy athrawes, a bydd Mrs Tomos yn gorfod ein dysgu ni i gyd. Meddylia am hynny – plant o'r Derbyn i Flwyddyn 6 yn yr un dosbarth!

Mae pawb yn teimlo'n drist ac yn grac iawn, ac yn poeni'n fawr am ddyfodol Ysgol Llanfair. Does dim un o ysgolion bach yr ardal yn saff, yn ôl y sôn.

Rhoddodd Megan y llythyr i lawr. Fedrai hi ddim coelio'r peth. Mrs Jones yn colli'i swydd? Neu'n waeth fyth, Ysgol Llanfair yn gorfod cau?! Na! Doedd hynny ddim yn bosibl! Fedrai hynny ddim digwydd, ddim byth!

Ailddarllenodd y llythyr. Craffodd ar eiriau Leri – 'ar ôl

i ti adael, fe ddisgynnodd nifer y plant i un deg pump... '. Ai ei bai hi oedd y cyfan, felly? Ond doedd hi ddim eisiau symud o Lanfair yn y lle cyntaf. Byddai'n fodlon gwneud unrhyw beth i gael mynd yn ôl yno – achub swydd Miss Jones, helpu i gadw'r ysgol ar agor, cael pethau 'nôl fel oedden nhw. Doedd hyn ddim yn deg!

Roedd Megan yn gymysgfa o emosiynau wrth feddwl am ddyfodol ei hen ysgol. Teimlai'n bryderus, yn drist, yn grac... yn euog hyd yn oed. Pwysai'r holl beth ar ei meddwl gydol y nos, ond soniodd hi'r un gair wrth Mam na Mam-gu am gynnwys llythyr Leri. Ac wrth gwrs, wrth feddwl am Lanfair, fe ddechreuodd feddwl am Dad. Daeth yr hen deimladau cyfarwydd i'w phoenydio unwaith eto – dryswch, anghredinedd, chwerwder at Mam am wneud iddi symud, dicter at Dad am adael yn y lle cyntaf. Ychwanegodd y newyddion diweddaraf hwn am Ysgol Llanfair halen at hen, hen friw oedd yn gwrthod gwella.

Cafodd drafferth i gysgu y noson honno.

Feddyliodd hi am fawr ddim arall y diwrnod wedyn yn yr ysgol, chwaith. Yn sydyn iawn, ymddangosai Ysgol Gymraeg Maes Tawe yn fwy estron fyth iddi, er gwaetha'r ffaith ei bod wedi mwynhau paratoi at yr eisteddfod. Roedd popeth wedi newid unwaith eto nawr, gyda'r holl sôn am gau Ysgol Llanfair. Sut fedrai hi deimlo'n gartrefol yn yr ysgol enfawr hon yn y ddinas, ac ynddi dros bedwar cant a hanner o ddisgyblion, pan oedd ei hen ysgol yn y wlad yn brwydro i gadw'i drysau ar agor? Roedd yr holl beth mor annheg.

Rhyw hanner ymdrech roddodd Megan yn yr ymarferion y prynhawn hwnnw – roedd ei meddwl ymhell, bell o neuadd enfawr yr ysgol yn y ddinas. Cyn hir, diolch byth, daeth yn amser mynd adref. Prynhawn dydd Gwener unwaith eto, a phenwythnos arall yn ymestyn o'i blaen. Gwnaeth y daith ddefodol adref ar y bws, ac erbyn iddi gael ei gollwng yn yr arhosfan ar waelod stryd Mam-gu, roedd hi bron â llwgu.

Wrth gerdded ar hyd y stryd at y tŷ teras cyfarwydd, sylwodd Megan nad oedd Fiesta bach Mam wedi'i barcio yn ei le arferol. Rhyfedd iawn, meddyliodd. Doedd Mam byth yn mynd i unman, felly ble yn y byd oedd ei char? Wrth gyrraedd drws y ffrynt, sylwodd fod nodyn yn llawysgrifen Mam wedi'i osod arno â phin bawd:

Meg.
Mam-gu a fi wedi gorfod mynd allan.
Fyddwn ni ddim yn hir.
Cer di drws nesaf at Arthur Morris i gael tamed o de.
'Nôl yn glou,
Mam xxx

Beth? Doedd Megan ddim yn deall. Doedd hyn ddim fel Mam o gwbl, na Mam-gu chwaith. Ble yn y byd oedden nhw? Sonion nhw 'run gair wrthi am fynd i unman. Beth ddylai hi wneud? Doedd ganddi ddim allwedd i fynd i mewn i'r tŷ. Efallai y gallai hi eistedd fan hyn, ar garreg y drws, ac aros iddyn nhw ddychwelyd. Roedd y nodyn yn dweud na fydden nhw'n hir. Wedi'r cyfan, doedd hi ddim yn adnabod Arthur Morris yn rhy dda, a theimlai braidd yn swil yn ei gwmni. Ond eto, roedd hi ar lwgu, a Duw a ŵyr pryd bydden nhw adref...

Bu'n sefyll yno am dipyn, yn pendroni beth i'w wneud. Gwnaed y penderfyniad drosti yn y diwedd pan deimlodd ddiferion glaw yn disgyn ar ei thalcen. Roedd y cymylau duon uwch ei phen yn darogan cawod drom. Clywodd ddrws ffrynt Arthur Morris yn agor, a llais yr hen ŵr yn ei chyfarch yn siriol.

'Megan fach, dere miwn fan hyn i'r tŷ, cyn i ti wlychu'n stecs!' Cydiodd yn dyner yn ei braich.

Wrth gael ei harwain drwy'r drws ffrynt i gartref ei chymydog, teimlai Megan y swildod cyfarwydd yn ei chnoi unwaith eto.

'Ble mae Mam a Mam-gu ?' holodd mewn llais tawel.

'Wi ddim yn siŵr, i fod yn onest 'da ti, bach,' atebodd Arthur Morris. 'Wedi mynd mas am sbelen fach, falle. Ond paid ti â becso, fyddan nhw ddim yn hir nawr. 'Drychith Arthur Morris ar dy ôl di!'

Teimlai Megan dipyn yn well. Roedd Arthur Morris yn gymeriad mor annwyl, mor hoffus, fel nad oedd modd peidio closio ato. Ond roedd hi'n dal i boeni braidd am Mam a Mam-gu, yn enwedig o ystyried eu hymddygiad rhyfedd yn ddiweddar.

'Dere â dy got i fi nawr 'te, bach,' meddai'r hen ŵr wrth iddynt gamu i gyntedd cul ei gartref. 'Ewn ni mewn i'r parlwr ffrynt – dim ond ymwelwyr arbennig iawn sy'n cael mynd fan 'ny, cofia! Fe ddo i â dishgled i ti nawr. Ti siŵr o fod 'boutu starfo, wyt ti?'

'Ydw,' atebodd Megan yn onest. Dechreuodd ymlacio.

Wrth gerdded ar hyd y cyntedd tywyll at ddrws y parlwr ffrynt, sylwodd Megan ar y papur wal blodeuog hen ffasiwn, a'r darluniau dirifedi o adar ac anifeiliaid o bob lliw a llun ar y waliau. Ond chafodd hi ddim amser i syllu'n hir, gan fod Arthur Morris mor awyddus i'w thywys i'r 'rŵm ore'.

'Nawr 'te, 'stedda di fanna,' meddai'r hen ŵr wrth agor drws y parlwr a phwyntio at hen soffa frown yng nghanol yr ystafell. Cymerodd got a bag ysgol Megan oddi arni. 'Fe af i i neud tamed o fwyd i ti.'

Wrth iddi aros i Arthur Morris ddychwelyd o'r gegin, edrychodd Megan yn llawn chwilfrydedd o amgylch yr ystafell. Roedd popeth yno mor *hen*, meddyliodd. Y dodrefn, y lle tân, y carped. Sylwodd hefyd ar yr arogl unigryw a lenwai'r lle. Arogl hen bethau, a hen, hen ffordd o fyw. Roedd yr ystafell fel pe bai'n perthyn i gyfnod a fu. Cafodd ei hatgoffa o un o fythynnod enwog Rhyd y Car a welodd ar drip i Sain Ffagan rai blynyddoedd yn ôl. Roedd popeth mor lân a thaclus, pob blewyn yn ei le, fel pe bai'r ystafell heb ei chyffwrdd ers blynyddoedd, degawdau bron.

Syllodd Megan ar y rhes o ffotograffau wedi'u fframio a addurnai'r silff ben tân. Llun du a gwyn o ferch ifanc brydferth, gwallt tywyll, yn gwenu'n chwareus ar y camera wrth badlo yn nŵr y môr, flynyddoedd maith yn ôl; llun o'r un ferch y tu allan i gapel ar ddydd ei phriodas â llanc golygus; llun o'r un cwpwl – mewn lliw y tro hwn – flynyddoedd yn ddiweddarach, yn torri cacen pen-blwydd priodas; llun o hen wraig, a'i gwallt wedi britho, yn eistedd mewn cadair olwyn yng nghanol gardd flodau liwgar…

'Gwen yw honna.'

Rhaid bod Arthur Morris wedi ei dal yn syllu ar y llun wrth ddod 'nôl o'r gegin.

Cochodd Megan.

''Y ngwraig i o'dd Gwen. Falle bod Mam-gu wedi sôn wrthot ti amdani?'

'Ym… naddo… sa i'n credu… ' atebodd Megan. Ond eto, feddyliodd hi erioed holi Mam-gu am wraig Arthur Morris. Roedd hi wedi marw ers blynyddoedd, fe wyddai Megan gymaint â hynny.

'Menyw ffeind ofnadw o'dd Gwen,' aeth yr hen ŵr yn ei flaen. 'Wi wedi'i cholli hi ers bron i ugen mlynedd nawr, cofia. O'dd hi'n dost iawn ar y diwedd. Wi'n dala i weld 'i hishe hi bob dydd. Ma'r tŷ 'ma'n wag iawn hebddi. Peth ofnadw yw colli rhywun agos, ar ôl treulio cyment o amser yn 'u cwmni nhw. Dyw'r bwlch byth cweit yn cael ei lenwi…'

Tawodd Arthur Morris yn sydyn, fel pe bai wedi sylweddoli, fymryn yn rhy hwyr, beth roedd e'n ei ddweud.

'Na 'di,' cytunodd Megan yn ddwys.

'Wel, gwranda arna i'n wilia!' meddai'r hen ŵr mewn llais mwy sionc o lawer. 'Drycha, ma te'n barod, dere i ishte wrth y bwrdd. Wi wedi bod yn fishi!'

Sylwodd Megan ar yr hambwrdd gorlawn yn nwylo crynedig yr hen ŵr wrth iddo'i harwain at y bwrdd bwyd.

'Nawr 'te, 'wedes i bod ymwelwyr arbennig yn cael *special treatment*, yn do fe?' meddai wrth weld y rhyfeddod ar wyneb Megan. 'Be licet ti? Sandwich fach? Ma rhai ham neu gaws neu wy 'da fi. Bara *homemade*, wrth gwrs. A cacs – beth am damed o fara brith? Neu sgonen? Neu ddarn o grymbl falle? Dewis di!'

'Chi fuodd yn coginio?' gofynnodd Megan wrth ddechrau claddu'r wledd anhygoel a baratowyd iddi.

'Ie wir!' atebodd Arthur Morris. 'Wi wrth 'y modd yn cwcan cacs, t'wel. A bara ffres hefyd. Fe ddysgodd Gwen fi'n dda! A beth am ddiferyn o lemonêd? Lemonêd cartre, wrth gwrs!'

Llowciodd Megan yn awchus. Sylwodd fod yr hen ŵr yn syllu arni'n bwyta, ei lygaid caredig yn pefrio. Fwytodd yntau'r un tamaid, ond câi fodd i fyw wrth ei gweld hi'n mwynhau'r wledd. Mae e'n ddyn arbennig, meddyliodd Megan, ac *mor* hoffus.

'Wi'n byw yn y tŷ 'ma ers dros pum deg a phump o flynydde, cofia,' dechreuodd Arthur Morris esbonio, heb i Megan orfod gofyn dim iddo. 'Ers y flwyddyn y priododd Gwen a fi. Jiw mae'n teimlo fel ddoe, odi wir… ' Gwelai

Megan olwg bell yn llygaid yr hen ŵr wrth iddo ymgolli yn atgofion y dyddiau a fu. Eisteddodd y ddau mewn tawelwch am rai munudau, wrth i Megan orffen ei the, ac wrth i Arthur Morris synfyfyrio.

'Diolch yn fawr, Mr Morris,' dywedodd Megan yn boléit wrth yfed y diferyn olaf o'r lemonêd melys. 'Ro'dd hwnna'n hyfryd.'

'Wi 'di gweud o'r blân, Megan fach, Arthur ydw i! Sdim ishe'r busnes Mr Morris 'ma – ti'n neud i fi deimlo'n hen! A chroeso, siŵr. Braf dy weld di'n joio dy fwyd. "Daw bola'n gefen," medde'r hen air, ontefe? Nawr 'te, ma'r glaw wedi cilio – licet ti ddod mas y bac i weld yr ardd?'

Pennod 16

Dilynodd Megan Arthur Morris allan o'r stafell ffrynt, ac ar hyd y coridor cul â'i holl drugareddau diddorol unwaith eto. Llenwyd ei ffroenau ag arogl hyfryd bara a chacennau ffres a dreiddiai o'r gegin fach yng nghefn y tŷ. Wrth gamu i'r gegin, gwelodd Megan fod yr ystafell honno hefyd fel pin mewn papur, a phopeth yn ei briod le. Edrychai fel arddangosfa mewn amgueddfa, ac roedd fel pe bai wedi ei rhewi mewn cyfnod pell yn ôl.

Agorodd Arthur Morris ddrws y cefn, ac wrth ei ddilyn trwyddo, teimlai Megan yn syth fel pe bai'n camu i fyd arall. I baradwys gyfrin, brydferth a lechai'n ddirgel y tu ôl i'r tŷ teras di-nod. Fedrai hi ddim coelio'i llygaid… na'i chlustiau, na'i ffroenau chwaith!

Roedd blodau a llwyni o bob lliw a llun, yn garped amryliw o'i chwmpas ym mhob man. Blodau'r gaeaf a'r gwanwyn cynnar, pob un wedi brwydro trwy'r oerni diweddar i flodeuo, a llonni ychydig ar lwydni'r tir. Roedd degau o wahanol fathau yma, a'r cyfan wedi'u plannu'n daclus a'u meithrin yn ofalus. Roedd ôl blynyddoedd o lafur cariad Arthur Morris i'w weld ym mhob twll a chongl o'r ardd fechan ond rhyfeddol hon.

Roedd Megan yn gwybod enwau rhai o'r blodau. Tyfai rhai tebyg yng ngardd Mam-gu, er nad oedd honno'n cymharu â'r ardd hon! Cofiodd hefyd am y blodau yr arferai Dad eu plannu yng ngardd y bwthyn yn Llanfair yn ystod misoedd oer y gaeaf. Lili wen fach, saffrwn, rhosod Nadolig, llwyni celyn a rhododendron, briallu cynnar, cennin Pedr, fioledau…

Roedd coed 'falau a rhes o goed bythwyrdd tal yn cyd-redeg â'r ffens a ffurfiai'r ffin rhyngddi a'r gerddi o boptu iddi. Dyna'r cyfan a welsai Megan o ardd Arthur Morris cyn heddiw, wrth edrych o ardd Mam-gu drws nesaf – y coed bythwyrdd tal, yn sefyll yn rhes o filwyr gwyliadwrus, amddiffynnol, gan gadw cyfrinach y baradwys rhag y byd. Feddyliodd hi erioed fod y fath wledd i'r synhwyrau yn llechu y tu hwnt iddynt.

Llenwyd ei ffroenau â mil o wahanol arogleuon – arogl pridd, porfa a blodau; dail y coed bythwyrdd a rhisgl y coed 'falau. Deffrodd ei chlustiau i sŵn y pwll dŵr a'r rhaeadr fechan yng nghongl bella'r ardd, a chleber di-baid yr adar ym mrigau'r llwyni.

'Fan hyn wi'n lico bod, t'wel,' esboniodd Arthur Morris. 'Mas y bac yn ca'l 'y 'nwylo'n ffrwnt ynghanol y pridd, ym mhob tywydd! Wi wrth 'y modd yn gwylio rhaglenni garddio ar y teledu – dysgu shwt i neud y gore o bob un modfedd sgwâr o'r tir. Ac er 'i bod hi'n fach, ma hi'n hen ddigon i fi! Ti'n lico'r ardd, 'te?'

Wyddai Megan ddim beth i'w ddweud. Wrth sefyll yno, teimlodd yr un rhyddid, yr un ysgafnder dibryder y bu mor gyfarwydd ag ef allan ar gaeau a bryniau Llanfair 'slawer dydd.

'Ydw,' atebodd yn llawn edmygedd. 'Mae'n hyfryd 'ma!'

Fedrai hi ddim yn ei byw â choelio ei bod hi'n dal i fod yn Abertawe. Teimlai waliau llwyd, difywyd y ddinas mor bell i ffwrdd; doedd dim rhaid meddwl am y strydoedd llwm, y traffig di-baid a'r siopau gorlawn. Aeth y cyfan yn angof, rywsut, wrth iddi sefyll yno ynghanol ysblander godidog byd natur.

'Dere i weld y sied,' meddai'r hen ŵr, gan afael yn ei braich yn dyner a'i harwain ar hyd llwybr cul, caregog at waelod yr ardd. Sylwodd Megan yn syth ar y bwrdd adar enfawr ar ganol y lawnt, ac edrychodd yn llawn rhyfeddod ar yr adar o bob lliw a fwydai'n awchus oddi arno, ac oddi ar y sachau bychan o fwyd a hongiai yma a thraw o ganghennau'r coed bythwyrdd. Ji-binc, titw tomos las, aderyn y to, titw mawr, bronfraith, drudwy – roedd hi'n gwybod eu henwau i gyd. Dad ddysgodd nhw iddi, amser maith yn ôl.

Gwelodd Arthur Morris y rhyfeddod amlwg ar wyneb Megan.

'Ma nhw'n bert, on'd y'n nhw?' holodd. 'Ac mor ddof. Nhw yw'n ffrindie i, t'wel. Wi'n cael amal i sgwrs 'da'r adar bach 'ma, odw wir. 'Co ti Jimi'r ji-binc, a Tomos y titw, a Robin y robin goch...'

Disgleiriai llygaid yr hen ŵr wrth sôn am ei ffrindiau bach arbennig.

'A weithie, os wi'n lwcus, wi'n cael pip ar Cnoci'r gnocell! Ma hi'n dod 'nôl i 'ngweld i bob blwyddyn, chware teg iddi!'

Gwenodd Megan. Teimlai heddiw ei bod wedi dod i adnabod Arthur, er gwaetha'i swildod ohono i gychwyn.

'O'n i'n arfer gwylio adar tipyn, pan o'n i'n byw yn Llanfair,' esboniodd Megan. 'Gyda... gyda Dad.'

'Wel, chei di ddim cwmpeini gwell na'r hen adar bach 'ma, weda i hynna wrthot ti,' atebodd Arthur Morris. 'Wi'n trio 'ngore i'w cadw nhw'n ddiogel, cadw'r hen gathod mas o'r ardd, os galla i. Ond ma gyment o gathod yn byw yn y tai ar y stryd 'ma, a thipyn o gathod strae amboutu'r lle 'fyd. Ma'n torri 'ngalon i i weld aderyn bach wedi ca'l niwed, neu'i ladd, gan gath. Ond 'na ni, natur yw natur, sbo.'

'Ie sbo,' cytunodd Megan yn drist.

'Ac mae'n gyment o job gofalu amdanyn nhw yn y tywydd oer 'ma. Wi'n trio'u bwydo nhw, gore galla i.'

Syllodd Megan yn hir ar gampau'r adar bach ar y bwrdd adar o'i blaen. Roedd hi wedi ei chyfareddu'n llwyr.

'Glywest ti am yr Ysbyty Adar draw ym Mhenrhyn Gŵyr?' holodd Arthur Morris wedyn, wrth arwain Megan at y sied. 'Lle arbennig iawn − sy'n gofalu am adar a draenogod sy'n sâl neu wedi cael dolur. Maen nhw'n gofalu amdanyn nhw nes eu bod nhw'n ddigon cryf i ddychwelyd i'r gwyllt. Wi wedi colli cownt ar faint o adar wedi'u hanafu wi wedi mynd â nhw draw 'na. O'n i'n arfer bod yn un o'u gwirfoddolwyr nhw, tan ryw 'chydig o flynydde 'nôl. Helpu 'da rhyw fân jobsys, pan fydden nhw angen pâr ecstra o ddwylo.'

Llenwodd llygaid Megan â chwilfrydedd. Feddyliodd hi erioed fod yr hen ŵr drws nesaf yn byw bywyd mor ddiddorol!

'Falle licet ti ddod gyda fi rhyw ddwrnod am drip i weld y lle?' holodd Arthur Morris, wrth sylwi ar ddiddordeb ei gymdoges ifanc. 'Wi'n siŵr y bydden nhw'n falch iawn o dy weld di.'

'O licen, yn fawr iawn. Diolch!' oedd ateb parod Megan. Byddai hi wrth ei bodd!

Agorodd Arthur Morris ddrws yr hen sied sinc ar waelod yr ardd, ac arwain Megan i fan rhyfeddol am yr eilwaith y prynhawn hwnnw. Welodd hi erioed y fath le! Roedd y sied fechan yn gynnes a chlyd, a gwres ac arogl y tân coed yn y gornel yn llenwi'r lle. Roedd yn fwy fel parlwr bychan na sied ar waelod yr ardd! Safai hen gadair freichiau ger y lle tân, ac yng nghornel yr ystafell roedd hen, hen set deledu du a gwyn, a arferai gael ei defnyddio gan Noa yn ei arch, taerai Megan! Fe sylwodd wrth aros i Arthur Morris baratoi te nad oedd set deledu yn y 'rŵm ore'. Mae'n rhaid felly taw yma, ar set hen fel pechod yn y sied ar waelod yr ardd, y byddai'r hen ŵr yn gwylio'i raglenni garddio!

'Ma 'letric 'ma a phopeth, t'wel!' meddai'r hen ŵr yn llawn balchder.

Edrychodd Megan o'i chwmpas. Roedd pob un o waliau'r sied wedi'u gorchuddio â silffoedd llyfrau tal, ac arnynt gannoedd o gyfrolau o bob math. Yma ac acw, lle roedd ambell fan gwag, roedd ffotograffau a hen doriadau papur newydd wedi melynu wedi'u pinio'n ofalus i'r waliau, a degau o drugareddau diddorol o bob lliw a llun wedi'u gwasgaru hyd y lle. Ogof Aladdin go iawn!

'Fan hyn bydda i'n dod i gael llonydd,' meddai Arthur Morris. 'Mae hi mor dawel 'ma, a ddaw neb i fy 'styrbo i fan hyn!'

Oedd, roedd hi'n dawel yma, meddyliodd Megan, ac yn hollol, hollol breifat. Yn lle perffaith i ddarllen, a meddwl... ac ysgrifennu. Byddai hi wrth ei bodd yn cael encil fach gyfrinachol fel hon, i ddianc iddi i gael llonydd i greu ei chymeriadau a'i straeon.

Yn sydyn, canodd yr hen gloc cwcw uwchben y lle tân.

'Iesgob, dyw hi byth yn chwech o'r gloch yn barod, yw hi?' meddai'r hen ŵr. 'Wel, jiw jiw, well i ni ei throi hi 'nôl i'r tŷ 'co! 'Wedodd dy fam-gu y bydde hi 'ma i dy nôl di marce chwech.'

Ac ar hynny, tynnwyd Megan yn ôl o ryfeddod sied a gardd Arthur Morris, i realiti diflas ei bywyd. Mam? Mam-gu? Ble'r oedden nhw? A ble fuon nhw ers oriau?

Wrth aros i Arthur Morris – yr hen ŵr caredig, ei ffrind newydd – gloi drws y sied, cafodd Megan ei swyno eto gan yr ardd a'i holl arogleuon a synau rhyfeddol, er ei bod hi bellach wedi dechrau tywyllu. Doedd hi ddim am i'r prynhawn ddod i ben. Yng nghwmni Arthur Morris sylweddolodd i holl boenau'r dyddiau a'r wythnosau a'r misoedd diwethaf ddiflannu – ei phryder diweddar am ddyfodol Ysgol Llanfair, am Siwan Fflur a'i chriw yn Ysgol Gymraeg Maes Tawe, am Mam, ac am Dad. Wrth gamu drwy ddrws cefn y tŷ teras bach, a chlywed cloch drws y ffrynt yn canu, teimlodd Megan ei chalon yn disgyn. Roedd Mam-gu wedi cyrraedd i'w nôl hi adref.

Pennod 17

Chafodd Megan ddim esboniad gan Mam na Mam-gu am eu diflaniad rhyfedd y prynhawn hwnnw. Eisteddodd y tair mewn tawelwch, unwaith eto, amser swper. Bu Mam yn oriog a thawedog drwy'r nos, a'i meddwl yn amlwg ymhell, bell i ffwrdd. Er i Mam-gu geisio creu rhyw fân siarad, gwyddai Megan fod rhywbeth yn ei phoeni hithau hefyd.

Ond pam? Ble yn y byd fuodd y ddwy? Doedd Megan ddim am ofyn gormod. Gwyddai'n iawn na châi ateb gonest, p'run bynnag. Penderfynodd na fyddai'n sôn gair wrthynt am ei phrynhawn yng ngardd ryfeddol Arthur Morris, chwaith. Ei chyfrinach hi a'r hen ŵr oedd hynny.

Wrth orwedd yn ei gwely y noson honno meddyliodd Megan eto am yr ardd unigryw, am y sied fach ddirgel, ac am ei chymydog caredig. Aeth i gysgu â theimlad cynnes, bodlon yn ei llenwi am y tro cyntaf ers amser maith, a chysgodd yn sownd tan y bore.

Deffrodd yn sydyn fore trannoeth. Edrychodd ar y cloc ar y bwrdd bach wrth y gwely. Hanner awr wedi wyth! Roedd rhyw deimlad annifyr, aflonydd yn cyniwair drwyddi – teimlad cwbl wahanol i'r un a'i suodd i gysgu mor heddychlon neithiwr. Roedd hi'n dal yn hanner cysgu, ond ceisiodd ffocysu'i meddwl ar yr hyn oedd wedi ei deffro mor ddisymwth. Beth oedd yn ei phoeni? Yn sydyn, cofiodd am ymddygiad rhyfedd Mam a Mam-gu y noson gynt, ac am y llythyr a dderbyniodd gan Leri ddydd Iau. Ysgol Llanfair i gau? Fe anghofiodd yn llwyr am hynny brynhawn ddoe yng nghwmni Arthur Morris. Ond nawr, daeth y pryder yn ôl, fel bwled drwy'i chalon.

Penderfynodd godi, a gwisgo amdani'n gyflym. Doedd ond un peth i'w wneud. Aeth at ei desg, a thynnu papur ysgrifennu a beiro o'r drôr.

Annwyl Leri,

Diolch am dy lythyr. Ro'n i'n teimlo mor drist wrth ei ddarllen. Alla i ddim credu y gallai Mrs Jones golli'i swydd, neu'n waeth byth y gallen nhw gau Ysgol Llanfair. Dyw hynny ddim yn bosibl! Ddim yn deg!!!

Stopiodd Megan ysgrifennu. Sut gallai hi gyfleu mewn geiriau, wrth ei ffrind gorau yn y byd i gyd, sut roedd hi'n teimlo? Mor siomedig, mor drist, mor grac. Mor *euog*. Wyddai hi ddim beth arall i'w ddweud. Teimlai mor ddiwerth ac ynysig fan hyn yn Abertawe, filltiroedd lawer o Lanfair. Fe wnâi hi unrhyw beth i fod 'nôl yng Ngheredigion nawr, i helpu yn y frwydr dros ddyfodol ei hen ysgol. Gallai ddychmygu bod yr holl bentref wedi uno i ymladd yr Awdurdod Addysg. Byddai hi'n dwlu bod yno gyda nhw. Ond yn lle hynny, roedd hi yma, yn nhŷ teras diflas Mam-gu, mewn dinas a deimlai'n gwbl ddieithr iddi.

Cyn caniatáu i'r hen deimladau cyfarwydd o ddryswch a dicter droi'n gawl potsh yn ei phen, ceisiodd Megan feddwl am yr un lle arbennig a wnaeth iddi deimlo'n well ers symud i Abertawe. Yr un lle y llwyddodd i ymlacio ynddo a theimlo fel hi ei hun unwaith eto. Cartref Arthur Morris.

Byddai'n braf cael mynd yno eto, cael treulio amser yng nghwmni'r hen ŵr. Meddyliodd Megan am y dydd Sadwrn hir arall oedd yn ymestyn o'i blaen. Doedd dim cynlluniau ganddi, wrth gwrs, a go brin y byddai Mam mewn hwyliau i wneud unrhyw beth. Roedd hi wedi bwriadu gweithio mwy ar ei stori fer ar gyfer eisteddfod yr ysgol, gan fod y dyddiad cau yn prysur nesáu.

Tybed... ? Tybed a fyddai Arthur Morris yn fodlon ei chael hi'n gwmni am ddiwrnod? Byddai'r sied fach ar waelod yr ardd yn lle delfrydol i ysgrifennu, o'i chymharu â'i hystafell wely ddiflas, ddi-ysbrydoliaeth, ddi-olygfa yn nhŷ Mam-gu, a'r holl draffig a yrrai'n ddibaid heibio'r ffenest.

Cyn iddi gael amser i feddwl yn iawn, cydiodd Megan yn ei llyfr nodiadau a'i chas penseli, a hedfan i lawr y grisiau. Llowciodd ei brecwast yn gyflym, cyn ysgrifennu pwt o nodyn i Mam a Mam-gu:

Wedi mynd draw at Arthur Morris.
Adre cyn bo hir.

Meg xx

Go brin y bydden nhw'n gweld ei heisiau, p'run bynnag, meddyliodd Megan. Edrychodd ar y cloc ar wal y gegin. Newydd droi naw o'r gloch oedd hi. Oedd hi braidd yn gynnar i fynd draw drws nesa tybed? Fyddai Arthur Morris yn dal yn ei wely? Go brin! Gallai Megan ddychmygu'r hen ŵr yn codi gyda'r wawr bob dydd i ddarllen am hynt a helynt y byd yn y papur newydd, i goginio cacs a glanhau'r tŷ, ac i dendio'i ardd ryfeddol.

Wrth gnocio ar ddrws ffrynt y tŷ drws nesa, ei chot aeaf yn glyd amdani a'i dwylo'n cydio yn ei llyfr nodiadau, teimlodd Megan don o gyffro'n saethu drwyddi. Agorwyd y drws yn araf, ac fe'i croesawyd gan wên siriol a llygaid disglair Arthur Morris. Gwisgai'r un hen drowsus rib, y crys brethyn sgwarog a'r esgidiau trymion, ac roedd y cap stabal cyfarwydd am ei ben. Ac wrth weld y pridd ffres o dan ei ewinedd, tybiai Megan i'r hen ŵr fod allan yn garddio ers ben bore, er taw ond mis Chwefror oedd hi.

'Wel Megan fach, 'ma sypréis neis!' oedd ei eiriau croesawgar. 'Shwt wyt ti, bach?'

'Ym… iawn… iawn, diolch,' atebodd Megan. Teimlai braidd yn ddigywilydd, yn sydyn, yn sefyll ar garreg drws hen ŵr saith deg pump oed am naw o'r gloch ar fore dydd Sadwrn.

Ond doedd dim angen iddi boeni. Roedd croeso Arthur Morris mor gynnes â'r tanllwyth o dân yn y grât.

'Licet ti ddod mewn, bach? Ti 'di ca'l brecwast? Wi newydd dynnu torth ffresh o'r ffwrn. Mas y bac o'n i pan ganest ti'r gloch. Wi'n joio bod yn yr ardd yn y bore bach, cyn codi cŵn Caer! Yn y bore ma'i dal hi, t'wel, er bod naws digon oer iddi bore 'ma! Dere miwn.'

Dilynodd Megan yr hen ŵr i'r tŷ, ac ymhen dim, taenwyd gwledd o'i blaen yn y 'rŵm ore' unwaith eto – bara ffres a jam cyrens duon cartre, wy wedi'i ferwi, a phaned hyfryd o de.

'Beth yw hwnna s'da ti, 'te?' gofynnodd Arthur Morris wedi iddi orffen bwyta.

'O, ym… llyfr nodiade, ar gyfer… sgwennu… ' meddai Megan yn dawel, gan deimlo'i bochau'n gwrido. Ond doedd dim angen iddi yngan gair arall. Roedd fel pe bai'r hen ŵr wedi darllen ei meddyliau, a gwyddai'n union pam ei bod hi yno.

'O, wi'n gweld,' meddai. 'O'dd dy fam-gu'n sôn wrtha i pwy ddwrnod dy fod ti'n joio sgwennu. Ffansi tamed bach o lonydd wyt ti, ife?'

'Ie… plis,' atebodd Megan yn swil. 'Os nago's ots 'da chi? Ma gyment o sŵn traffig yn y llofft yn nhŷ Mam-gu, a… '

'Deall yn iawn, Megan fach, deall yn iawn,' torrodd yr

hen ŵr ar ei thraws. 'Chi sgwennwrs angen llonydd, yn dy'ch chi?! Licet ti fynd i'r sied? Gei di lonydd wedyn.'

Treuliodd Megan y bore'n ysgrifennu'n ddiwyd yn y sied fach sinc ym mhen pella'r ardd, tra bod ei chymydog sionc yn brysur yn tendio a thacluso a phlannu at y gwanwyn yn haul gwan mis Chwefror. Cymerai Megan ysbaid bob nawr ac yn y man, gan edrych yn llawn chwilfrydedd ar y trugareddau diddorol o'i chwmpas. Llyfrau ar bob pwnc dan haul; hen, hen luniau du a gwyn o Abertawe a'r ardal gyfagos; hen docynnau a rhaglenni gêmau pêl-droed y Swans; ac ornaments a thlysau o bob lliw a llun. Craffodd Megan yn ofalus ar y toriadau papur newydd a oedd wedi eu glynu yma ac acw hyd y waliau. Roedd rhai ohonynt yn hen ofnadwy – yn dyddio 'nôl i'r flwyddyn 1941, cyn i Megan, na Mam hyd yn oed, gael eu geni! O'r hyn a welai Megan, cyfeirio at fomio dinas Abertawe adeg yr Ail Ryfel Byd oedden nhw – y 'Blits' y soniodd Miss Owen amdano yn y gwersi hanes yn ddiweddar. Byddai Megan wedi mwynhau darllen y toriadau i gyd yn fanwl, i wybod mwy am y stori ryfeddol a lechai y tu hwnt i'r penawdau. Ond gwyddai fod angen iddi ganolbwyntio ar ei stori hi ei hun am y tro, o leiaf.

Mae Seren Aur wrth ei bodd yn mynd gyda Dad a Gwydion a Dyddgu i weld y Gleision yn chwarae. Mae diwrnod gêm fel pererindod sanctaidd! Y pedwar ohonynt yn eu crysau glas a du, a'u lleisiau'n gryg erbyn diwedd y prynhawn. Cael llond eu boliau yn McDonald's wedi'r gêm, a chysgu'n sownd yng nghefn y car yr holl ffordd adre. Pawb yn barod am y cae sgwâr!

Dechreuodd meddwl Megan grwydro unwaith eto. Cofiodd amdani hi a Dad, a'u tripiau i Anfield 'slawer dydd. Meddyliodd am yr holl droeon y syrthiodd i gysgu yn y car ar y daith hir 'nôl ar hyd y draffordd. Mor gynnes a diogel y teimlai o wybod fod Dad yno i fynd â hi adre'n saff, i ofalu amdani am byth. *Am byth.*

O fewn tafliad carreg i fferm Tyddyn Garreg mae coedwig enfawr, ac yno bydd Gwydion a Seren a Dyddgu'n mynd gyda Dad weithiau, yn y bore bach, i wylio adar. Codi gyda'r wawr a sleifio'n dawel, dawel, heb siw na miw, i sefyll a syllu a rhyfeddu. Llinos werdd, telor y cnau, titw cynffon hir, cnocell y coed – gall Seren Aur eu henwi nhw i gyd.

Yn sydyn, agorodd drws y sied a daeth Arthur Morris i mewn, a chynigiodd yr hen ŵr ddarn o fara brith a gwydraid o lemonêd cartref iddi, cyn rhoi mwy o goed ar y tân.

'Ti'n edrych yn fishi,' meddai, gan graffu ar y llyfr nodiadau. 'Am beth wyt ti'n sgwennu, os ga i fod mor hy â gofyn?'

'Stori ar gyfer eisteddfod yr ysgol,' esboniodd Megan. 'Wel, portread a dweud y gwir. Cystadleuaeth y Gadair. Dyw Miss Owen ddim yn credu 'mod i'n gallu sgwennu, ond mi ydw i! Yn well na Siwan Fflur, a Gwenno, a Heledd, mi fetia i! Dwi wir eisie profi hynny iddi!'

'Wel, dwi'n siŵr y gwnei di Megan fach, dim ond i ti gredu ynot ti dy hunan. Weden i bod campwaith 'da ti, o edrych faint wyt ti 'di'i sgwennu'n barod. Bydd angen i Mam-gu 'neud lle yn y parlwr i'r gader 'na'n glou, glei!'

Cochodd Megan, gan deimlo'n swil yn sydyn.

'Nawr 'te, gei di lonydd 'da fi am sbel fach, a wedyn gewn ni ginio bach mewn rhyw awr, ie? Well i fi roi gwbod i dy fam be sy'n digwydd 'fyd.'

Bu Megan yn sgwennu'n ddiwyd am awr arall, ac erbyn i Arthur Morris alw arni o ddrws y gegin i ddweud bod cinio'n barod, roedd hi'n agos at orffen ei phortread o Seren Aur.

Pan fydd hi'n hŷn, hoffai Seren Aur fod yn feddyg, yn actores fyd-enwog, yn ddawnswraig, yn delynores, yn joci, neu'n athrawes ysgol gynradd, fel Miss Evans. Dydy hi ddim yn siŵr eto! Heb os, fe fydd hi'n llwyddiannus ym mha bynnag faes y bydd hi'n ei ddewis − yr orau yn ei maes − ac fe fydd ei theulu i gyd, Mam a Dad a Gwydion a Dyddgu a Gruffudd, mor falch ohoni. Bydd pawb yn meddwl y byd ohoni, a bydd merched bach yng Nghymru, ym mhedwar ban y byd, am fod yn union fel hi!

Bydd bywyd yn berffaith i Seren Aur.

Pennod 18

'Wi wedi siarad 'da dy fam-gu – ma popeth yn iawn i ti fod 'ma,' cyhoeddodd Arthur Morris wrth i Megan gladdu'i chinio yn y rŵm ffrynt. 'O'dd hi ar 'i ffor' i helpu gyda glanhau'r capel, a dy fam yn dala i fod yn y gwely, medde hi. Pen tost 'da hi, wi'n credu.'

Doedd hynny'n synnu dim ar Megan. Ddywedodd hi 'run gair, dim ond dal ati i fwyta'n dawel.

'Felly ma croeso i ti aros fan hyn drwy'r pnawn os wyt ti am,' cynigiodd yr hen ŵr yn ffeind.

'Diolch,' atebodd Megan, 'diolch yn fawr. Os nag yw hynny'n drafferth i chi? Dwi wrth fy modd yn sgwennu yn y sied. Mae hi mor dawel 'na!'

'Odi, ti'n iawn. Feddyliet ti byth dy fod ti ar gyrion dinas brysur. Dim trafferth i fi, siŵr iawn. Wi'n joio ca'l dy gwmni di, Megan fach, odw wir!'

Gwenodd Megan. Petai'r hen ŵr ond yn sylweddoli cymaint roedd *hi*'n mwynhau cael ei gwmni *e*, cael cwmni *unrhyw un*, ar ddydd Sadwrn fel hyn. Cymaint roedd hi'n hoffi bod yn y sied ar waelod yr ardd yng nghanol yr holl drugareddau, ei meddwl yn rhydd a'i dychymyg ar grwydr. Cymaint roedd hi'n gwerthfawrogi cael dianc o dŷ tawel, unig Mam-gu; cwmni anodd Mam; yr holl atgofion poenus am ddigwyddiadau'r misoedd diwethaf a'r pryder wrth feddwl am ddyfodol ansicr Ysgol Llanfair. Ond ddywedodd hi ddim – dim ond parhau i fwyta'n awchus gan wrando ar lais yr hen ŵr yn siarad fel pwll y môr am hyn a'r llall.

Ar ôl gorffen bwyta dychwelodd y ddau i'r sied ar waelod

yr ardd. Wrth i'r hen ŵr bentyrru coed ar y tân, edrychodd Megan yn llawn chwilfrydedd ar y toriadau papur newydd diddorol o'i hamgylch ym mhobman. Roedd ganddi ddiddordeb arbennig yn y rhai a ddyddiai'n ôl i fis Chwefror 1941 – cyfnod y Blits enwog yn ninas Abertawe.

''Na ti dridie o'dd rheiny!' Rhaid bod Arthur Morris wedi sylwi ar ei diddordeb. 'Fuodd yr hen ddinas 'ma ddim cweit yr un fath byth wedyn… '

'Ydych chi'n cofio'r Blits, Arthur Morris?'

'Odw glei! Crwtyn bach o'n i ar y pryd. O'n i'n byw draw ar Gorse Avenue, yr ochor arall i'r ddinas – fi a'n chwâr fach a 'mrodyr hŷn, a Mam a 'Nhad. Alla i glywed yr hen seiren 'na'n glir o hyd. Welodd yr hen le 'ma eriôd shwt beth, naddo wir.'

Estynnodd yr hen ŵr gadair yr un iddo ef a Megan, cyn parhau â'i stori.

'Chwefror y pedwerydd ar bymtheg, 1941. Wi'n cofio'r dwrnod fel se fe ddoe! O'dd hi 'di bod yn bwrw eira'n drwm, a phobman yn wyn dan drâd. O'dd pawb yn gwbod y bydde Abertawe mewn peryg o ymosodiad o'r awyr os bydde hi'n bwrw eira, achos o'dd yr afon Tawe'n sefyll mas yng nghenol gwynder yr eira, t'wel. Ta beth – wi'n cofio clywed y seiren am y tro cynta un y noson honno – jyst ar ôl hanner awr wedi saith o'dd hi, a Nansi'n chwâr fach a fi'n helpu Mam i bobi bara yn y gegin. Unweth glywon ni'r seiren, 'co ni i gyd yn gwasgu mewn i'r cwtsh dan stâr – y chwech ohonon ni! Hwnnw o'dd ein *air-raid shelter* ni, t'wel! O'dd matres a chanhwylle a thunie bwyd mewn 'na'n barod, jyst rhag ofan. O'n i'n clywed yr *incendiary bombs* – bomiau tân yn Gymrâg, wi'n credu – yn cael eu gollwng rownd i ni gan y Lufftwaffe, i oleuo'r ddinas i gyd. Wi'n cofio'n iawn – Mam yn trio cael Nans a fi i gysgu ar y matres ar lawr, a 'Nhad a 'mrodyr hŷn yn mentro mas i'r gyflafan i weld beth o'dd yn digwydd. Alla i glywed llais Mam nawr, yn gweddïo y bydde popeth yn iawn, ac yn canu hwiangerdd fach dawel i ni'n dou fach am yn ail. Ond chysgon ni ddim wrth gwrs – ro'dd y cyfan yn gyment o antur! Wi'n cofio Nans a finne'n cnoco a chnoco ar wal y cwtsh dan stâr, i 'neud yn siŵr fod Mr a Mrs Morgan drws nesa'n saff… '

'Ac oedden nhw?' Roedd Megan ar binnau wrth wrando ar yr hanes.

'O'n… y noson honno. Wi'n cofio 'nhad a 'mrodyr yn dod gatre'n hwyr, a gweud bod golwg ofnadw ar rai o'r tai ym mhen pella'r stryd. O'dd Warden ARP wedi'u hel nhw gatre i'n nôl ni, a gaethon ni i gyd fynd i Lloches Anderson yng ngardd un o'r cymdogion. Fynna fuon ni drwy'r nos wedyn. O'dd hi'n oer ofnadw 'na, a phawb ar ben 'i gilydd i gyd. O'dd y lle'n drewi'n gythreulig 'fyd – arogl pridd a lleithder. Chysgodd neb 'run winc y noson honno.

'Ta beth, geithon ni fynd gatre'r bore wedyn, ond, wrth gwrs, daeth y boms 'to y nosweth 'ny, ac yn wa'th yr eildro. Canodd y seiren tua hanner awr wedi wyth, a'r cyfan wi'n cofio yw clywed y sŵn mwya annioddefol a gweld cwmwl anferthol o lwch yn llenwi'r tŷ mewn mater o eiliade. O'dd bom wedi bwrw wal gefen y tŷ!'

Prin y medrai Megan gredu'i chlustiau wrth i Arthur Morris adrodd yr hanes yn fyrlymus. Roedd clywed am ei brofiadau gan gwaith yn fwy diddorol na gwersi hanes diflas Miss Owen!

'Gorfod i ni adel yn syth, wrth gwrs – y chwech ohonon ni'n crafangu mas dros ddarne o wydr a brics a mortar a thrwy'r llwch i gyd. Anghofia i byth yr olygfa weles i bryd hynny – yr eira gwyn o dan drâd, a'r awyr uwchben yn wenfflam o goch, melyn ac oren. O'dd e'n edrych mor ddramatig yn erbyn düwch y ddinas – ro'dd pob man yn dywyll achos y *blackout*, t'wel. O'dd y ddinas i gyd ar dân! Wi'n cofio gwydr ymhob man a dŵr yn llifo ar hyd y strydoedd, a sŵn byddarol ffrwydriade a gynne wrth i'r adeilade o'n cwmpas ni doddi fel menyn.

'O'r diwedd fe gyrhaeddon ni festri Capel y Morfa, cwpwl o strydoedd bant, a dyna lle gysgon ni'r noson honno ar y meincie pren, ynghyd â dege o drigolion erill yr ardal, fel *refugees*. Wi'n cofio rhai o'r gwragedd yn trio mynd ati i 'neud paneidie o de, ond gan nad o'dd dim dŵr, ro'dd rhaid toddi'r eira i gael dŵr i ferwi ar hen stof Dover.

'Fore tranno'th, gaethon ni w'bod nad o'dd modd i ni fynd gatre gan fod gormod o niwed wedi'i 'neud i'r tŷ. Gaethon ni'n cludo draw i dŷ modryb i fi, Anti Nel, chwâr Mam, yn Sgeti. O'n i a Nansi'n dal yn ein pyjamas ers y noson cynt, a do'dd dim byd arall 'da ni i'w wisgo! Wi'n cofio gorfod benthyg dillad 'y nghefnder hŷn o'dd yn rhy fowr i fi!'

Stopiodd Arthur Morris am eiliad i gael ei wynt ato a chymryd llymaid o'r lemonêd cartre. Bachodd Megan ar y cyfle i'w holi cyn iddo barhau â'i barablu byrlymus.

'Ma'n rhaid bod ofan ofnadwy arnoch chi, o'dd e?'

'Wel o'dd, a nago'dd. Wrth gwrs, o'n i wedi ca'l ofan gweld y dinistr ofnadw o'n cwmpas ni i gyd, ac o'n i'n becso'n enaid am ein tŷ ni a'r bobl erill ar y stryd. Ond o'dd y cyfan fel rhyw antur fowr hefyd – wyth oed o'n i cofia, a phrofes i eriôd y fath beth, ddim cynt nac wedyn.'

'Felly beth ddigwyddodd i chi i gyd, ac i'ch tŷ chi?'

'Fe arhoson ni'r noson honno yn Sgeti gyda Anti Nel, a chysgodi yn y Lloches Anderson yn yr ardd gefen. Honno o'dd trydedd noson y Blits – y noson ola, a'r waetha i gyd. Canodd y seiren toc cyn wyth, ac fe barodd y bomio am bron bum awr. O'n ni'n saff yn Sgeti, diolch byth, ond wi'n cofio dwli ofan achos bod 'Nhad ac Owen a Twm, 'y mrodyr hŷn, wedi mynd mas i'r orsaf dân i helpu. Anghofia i fyth y rhyddhad deimles i pan weles i nhw'n dod 'nôl sha thre yn saff yn gynnar y bore wedyn.'

'Be naethoch chi wedyn, 'te?'

'Penderfynodd Mam a 'Nhad nad o'dd dewis arall ond anfon Nans a finne yn syth at fodryb arall i ni o'dd yn byw yn Sir Benfro, ac fe arhoson ni gyda hi am fis. Aros yn Sgeti nath Mam a 'Nhad a Twm ac Owen, a diolch byth, naethon nhw ddim profi noson arall debyg i'r dair noson erchyll rheiny. Ailadeiladwyd wal gefen y tŷ, a gawson ni fynd 'nôl sha thre i Gorse Avenue ymhen amser. Ond fuodd pawb ddim mor lwcus. Wi'n cofio'n iawn cerdded law yn llaw gyda Mam wrthi iddi hebrwng Nans a fi i ddal y bws i Hwlffordd y bore ar ôl noson ola'r bomio, yn yr hen orsaf fysys y tu ôl i'r farced. O'dd cenol y ddinas wedi'i ddinistrio'n llwyr, a dim ar ôl ond rwbel yn mudlosgi, a chragen yr hyn o'dd yn arfer bod yn siope, yn swyddfeydd, yn gartrefi... O'dd y peth yn anhygoel! Ma nhw'n gweud bod arwynebedd o 41 erw, gan gynnwys 857 o adeilade, wedi'i ddinistrio gan y Blits. A Duw a ŵyr faint o bobl gollodd eu bywyde, druan ohonyn nhw.

'Wrth gwrs, cafodd y ddinas ei hailadeiladu gan bwyll bach dros y blynydde, ond ma'r hyn sy 'ma heddi'n gwbwl wahanol i'r Abertawe wi'n ei gofio pan o'n i'n grwtyn bach. Ma'r hen dre wedi mynd... fe gollodd Abertawe dalp o'i chymeriad y mis Chwefror hwnnw, a dyw e byth cweit wedi dod 'nôl.'

Roedd llais Arthur Morris yn dawel, os nad yn ddagreuol, wrth iddo dynnu at derfyn ei stori, a gwyddai Megan ei fod wedi ymgolli'n llwyr yn ei atgofion am y gorffennol. Eisteddodd y ddau mewn tawelwch am rai munudau. Methai Megan yn lân â dod o hyd i eiriau addas i ymateb i'r stori anhygoel. Roedd hi wedi'i chyfareddu gan y cyfan − gan brofiadau ei chymydog yr holl flynyddoedd yna'n ôl, a chan hanes diddorol Abertawe. Meddyliodd pa mor wych fyddai cael Arthur Morris i ddysgu hanes yr Ail Ryfel Byd yn Ysgol Gymraeg Maes Tawe!

'Chi'n cefnogi'r Swans, odych chi?' holodd ymhen hir a hwyr, er mwyn ysgafnhau ychydig ar yr awyrgylch, gan gyfeirio at y sgarff ddu a gwyn a hongiai o'r to.

'Beth, bach?' Deffrodd Arthur Morris o'i atgofion pell. 'O, odw, odw glei – ers o'n i'n grwtyn bach! Wi'n trio mynd i'w gweld nhw mor amal ag y galla i – er, dyw hi ddim mor rhwydd y dyddie 'ma, a finne ddim mor ifanc ag yr o'n i! O'dd dy fam-gu'n sôn wrtha i dy fod ti'n ferch ffwtbol hefyd, wyt ti?'

'Ydw,' atebodd Megan. 'Wel, o'n i, ta beth. Pan... pan o'dd Dad gartre.'

Tawodd yn sydyn. Doedd hi ddim yn bwriadu sôn am hynny.

'Pwy yw dy dîm di, 'te? Ddim Caerdydd, gobeitho?!'

'Nage. Lerpwl. Wel, Lerpwl o'n i'n cefnogi. Bues i yn Anfield sawl gwaith.'

'O... wel... ' meddai'r hen ŵr, fel pe bai'n synhwyro na ddylai holi mwy ynglŷn â hynny. 'Falle licet ti ddod gyda'r hen Arthur Morris i weld y Jacks yn 'whare rhywbryd, yn y stadiwm newydd grand 'na s'da nhw? Wi'n dala i allu ca'l ticets, t'wel, a bydda i'n mynd bob hyn a hyn. Ond bydde'n well 'da fi ga'l cwmpeini... '

Wyddai Megan ddim sut i ymateb i'r cynnig hael.

'Bydde hynny'n grêt,' atebodd ar unwaith. 'Diolch yn fawr, Mr Morris... Arthur... !'

''Na ni, 'te! Fe gewn ni fynd cyn bo hir gobeithio. Reit – fe adawa i lonydd i ti sgwennu – ti wedi gwrando digon ar hen ddyn dwl yn parablu! Mae hi'n hanner awr wedi tri yn barod! Wi am 'neud rhyw awr fach arall o waith rownd y tŷ 'ma, a gei di gario mlân 'da dy stori, ac wedyn gewn ni de bach, ie?'

Ond methodd Megan yn lân ag ailgydio yn ei stori. Mynnai ei meddwl grwydro'n ôl at yr hanesion difyr am ddyddiau'r Blits yn Abertawe. Meddyliodd yn llawn rhyfeddod am yr hyn oedd wedi digwydd yma – *yma*, yn yr union ddinas hon, flynyddoedd yn ôl. Sylweddolodd, am y tro cyntaf, hanes mor gyfoethog oedd yn perthyn i'r lle.

Heb iddi sylwi, diflannodd awr gyfan i rywle heb iddi ysgrifennu gair arall o'i stori, gymaint roedd wedi ei chyfareddu gan hanes y gorffennol. Clywodd ddrws y sied yn gwichian agor, a theimlodd ei chalon yn suddo wrth i Arthur Morris gamu trwyddo. Gwyddai ei bod yn amser mynd adre.

Ond roedd un syrpréis arall gan yr hen ŵr ar ei chyfer.

'Wyt ti'n lico 'whare Scrabble?' gofynnodd iddi, a'i lygaid yn dawnsio.

Aeth at un o'r silffoedd llyfrau y tu ôl i'r ddesg, ac estyn bocs newydd sbon yr olwg o'r gêm fwrdd enwog.

'Ges i hon yn anrheg 'Dolig llynedd gan nith i fi sy'n byw sha Caerdydd. Wi heb gael siawns i 'whare hi 'to – Scrabble Cymrâg, t'wel – goeli di shwt beth? Wi wrth 'y modd â Scrabble yn Saesneg! Dere, fe ddysga i di shwt i 'whare!'

Ac yno y bu Megan, am ddwy awr arall, yng nghwmni'r hen ŵr yn y sied yng ngwaelod yr ardd, hyd nes i Mam-gu ddod i chwilio amdani i gael ei swper.

Trannoeth, ar ôl cinio, gan nad oedd ar Mam awydd gwneud dim, a Mam-gu'n brysur gyda threfniadau Cymanfa Ganu'r Capel, treuliodd Megan brynhawn difyr arall yng ngwmni ei ffrind newydd, yn chwarae Scrabble yn y sied, yn gwrando ar hanesion difyr ei lencyndod, ac yn gwylio'r adar niferus oedd hefyd wrth eu boddau yn ei ardd heddychlon.

Pennod 19

Roedd hi'n fore dydd Llun unwaith eto a'r pnawn dydd Gwener cynt yn teimlo mor bell yn ôl. Roedd cymaint wedi digwydd ers hynny. Wyddai Megan ddim am fodolaeth sied a gardd Arthur Morris bryd hynny, ond erbyn hyn roedd y lle'n ail gartref iddi! Roedd hi wedi gwneud ffrind newydd, cyfaill arbennig, yn yr hen ŵr drws nesaf.

Wrth ddilyn yr un hen daith fws undonog ar hyd y strydoedd llwyd, ceisiodd Megan baratoi ei hun yn feddyliol at wythnos arall yn Ysgol Gymraeg Maes Tawe.

Ymarferion yr eisteddfod oedd popeth yn yr ysgol yr wythnos honno, a doedd fawr o sôn am ddim byd arall. Cafwyd ymarferion amser egwyl ac amser cinio, ac ambell un ar ôl ysgol, hyd yn oed. Roedd yn gyfle da i Megan gymysgu â phlant eraill ei blwyddyn, ac am y tro cyntaf teimlai fel pe bai'n dechrau cael ei derbyn. Dechreuodd rai o'r plant eraill ei chynnwys yn eu sgyrsiau, a chafodd linell i'w hadrodd ar ei phen ei hun, hyd yn oed, yn y parti cyd-lefaru. Roedd hi wrth ei bodd. Roedd rhan ohoni'n dyheu am gael rhoi ei henw i lawr ar gyfer y cystadlaethau unigol, wrth gwrs – y llefaru a'r unawd canu a'r unawd piano. Ond wnaeth hi ddim. Un cam ar y tro oedd orau, penderfynodd.

Nos Iau oedd hi, a Megan newydd gyrraedd adref o'r ysgol ar y bws. Wrth gerdded at y tŷ, sylwodd unwaith eto nad oedd car Mam wedi'i barcio y tu allan, yn union fel y nos Wener cynt. Unwaith eto, roedd nodyn arall yn llawysgrifen Mam wedi'i osod ar y drws:

Sori Meg, wedi gorfod mynd mas eto.
Fyddwn ni ddim yn hir.
Cer di at Arthur Morris nes y byddwn ni 'nôl.
Caru ti.
Mam a Mam-gu x

Wyddai Megan ddim beth i'w feddwl. Fedrai hi yn ei byw â deall i ble'r aeth y ddwy mor anesboniadwy a dirgel eto. Ond roedd rhan ohoni'n falch, yn dawel fach, o gael esgus i fynd draw at Arthur Morris unwaith yn rhagor. Chafodd hi ddim cyfle i'w weld ers y prynhawn difyr a dreuliodd gydag ef ddydd Sul, gan iddi fod mor brysur gydag ymarferion yr eisteddfod ar ôl ysgol.

Roedd yr hen ŵr caredig yn aros yn eiddgar amdani yn ffenest y rŵm ore, yn wên o glust i glust.

'Megan fach!' cyfarchodd y llais hi'n siriol wrth agor y drws ffrynt. 'Dere miwn. Ma te ar y ford, a'r Scrabble wedi'i osod mas yn barod yn y sied! Ac os ddoi di'n dawel fach mas y bac 'da fi glou, falle gei di gip ar Cnoci ar y bwrdd adar!'

Roedd hi'n tynnu am naw o'r gloch pan ddaeth Mam a Mam-gu adref y noson honno. Roedd Megan wedi blino'n lân, ac yn barod am ei gwely ers meitin. Ac er iddi fwynhau ei noson yng nghwmni'r hen ŵr, methai ymlacio'n llwyr. Roedd hi'n poeni gormod am Mam a Mam-gu.

Mentrodd holi Mam wrth i'r ddwy gydgerdded am adref, 'Ble buoch chi mor hir, Mam? Ro'n i'n poeni amdanoch chi.'

'O, ddim yn unman sbesial, cariad,' oedd yr ateb tawel. 'Jyst i'r capel – Mam-gu eisie sortio cwpwl o bethe cyn y Gymanfa ddydd Sul, t,wel – ac eisie bach o help.'

Gwyddai Megan mai celwydd noeth oedd hynny. Roedd ôl y dagrau ar wyneb porslen ei mam yn siarad cyfrolau.

Holodd hi ddim rhagor. Roedd hi wedi blino'n lân, ac aeth i'r llofft yn syth i baratoi am y gwely. Drwy gil ei llygaid, sylwodd ar amlen heb ei hagor wedi'i gosod ar ei desg, â llawysgrifen gyfarwydd Leri arni. Agorodd hi'n syth a thynnu'r llythyr allan, yn ogystal â thoriad papur newydd wedi'i blygu'n ofalus. O dan y pennawd bras – *'Llanfair community fights to save village school'* – roedd llun o brotest a gynhaliwyd ddechrau'r wythnos ar iard Ysgol Llanfair. Wrth graffu ar y llun gwelodd Megan yr hen wynebau cyfarwydd oedd yn arfer bod yn rhan mor bwysig o'i byd. Mrs Jones, Mrs Tomos, Leri... Doedden nhw heb newid dim. Oedd *hi* wedi newid, tybed?

Dechreuodd ddarllen llythyr ei ffrind gorau.

Annwyl Megs,

Meddwl yr hoffet ti weld hwn. Roedd hi'n gyffrous iawn yma ddydd Llun pan ddaeth y Cyfarwyddwr Addysg i siarad â'r rhieni. Dydyn ni ddim yn siŵr eto beth fydd yn digwydd i'r ysgol – bydd cyfarfod pwysig arall yn cael ei gynnal wythnos nesaf. Ond, a bod yn onest, mae pawb yn dechrau anobeithio'n ara bach.

Ochneidiodd Megan yn ddigalon, cyn gosod y llythyr a'r toriad papur newydd ar y pinfwrdd uwchben ei desg, fel atgof parhaol o'r frwydr fawr oedd yn wynebu cymuned Llanfair.

Wrthi'n brwsio'i dannedd yn yr ystafell molchi roedd hi pan ddechreuodd y ffôn ganu. Clywodd ei mam yn ei ateb, yna saib hir, cyn iddi roi'r derbynnydd i lawr yn glep. Rhif anghywir, mae'n rhaid, meddyliodd Megan.

Ymhen rhai eiliadau, canodd y ffôn eto, ond ni wnaeth

neb ei ateb y tro hwn. Stopiodd yn y man, cyn ailddechrau unwaith eto bron yn syth, a chanu am amser hir. Roedd Megan erbyn hyn yn clustfeinio o ben y grisiau ac yn awchu am fynd i lawr i'w ateb, ond feiddiai hi ddim. Duw a ŵyr sut byddai Mam, na Mam-gu chwaith, yn ymateb.

Teimlai'n wirioneddol ofnus. Pwy oedd ar y ffôn? A pham yn y byd nad oedd neb yn fodlon ei ateb? Doedd hi ddim yn deall...

Aeth i'w hystafell wely, heb hyd yn oed ddymuno 'nos da' i Mam a Mam-gu. Er bod ei meddwl ar ras gwnaeth ei gorau i swatio'n glyd o dan y dwfe. Fedrai hi ddim meddwl mwy am bethau heno, *fedrai* hi ddim. Clywodd y ffôn yn dechrau canu wedyn a bu'n canu am hydoedd, heb neb yn ateb ei gri. Yr unig sŵn i gystadlu ag ef oedd sŵn wylo tawel Mam o'r ystafell wely drws nesaf.

Pennod 20

Chysgodd Megan fawr ddim y noson honno. Bu'n troi a throsi am hydoedd i ddechrau, wrth glywed Mam yn crio'n dawel hyd yr oriau mân. Canodd y ffôn ar waelod y grisiau yn ofer o leiaf deirgwaith yn ystod y nos. Daeth un enw i'w meddwl yn syth. Dad. Oedd hi'n bosibl...? Na! Ceisiodd wthio'r syniad o'i meddwl. Feiddiai hi ddim ystyried y peth, ddim hyd yn oed am eiliad fechan fach...

Atebodd hi 'mo'r ffôn. Doedd hi ddim am ychwanegu at wewyr Mam, yn fwy na dim, ac roedd arni ofn meddwl beth glywai hi pe bai'n codi'r derbynnydd. Ai llais ei thad fyddai'n ei chyfarch? Ynteu llais rhywun arall, yn dweud iddo gael damwain, ei fod wedi cael niwed, wedi'i ladd...?

Ar ôl yr holl fisoedd o ddyfalu, efallai bod peidio â gwybod yn haws wedi'r cyfan...

Wedi iddi syrthio i gysgu, ymhen hir a hwyr, llenwyd ei chwsg â breuddwydion cythryblus, a deffrodd yn chwys oer drosti fwy nag unwaith.

Eistedd ar lawr neuadd Ysgol Llanfair gyda Leri a'r plant eraill, yr athrawon a'r rhieni. Roedden nhw'n dal placardau ac yn llafarganu eu protestiadau'n groch yn erbyn cynlluniau'r Cyngor Sir. Ond disgyn ar glustiau byddar a wnâi eu hymbilion. Cariwyd nhw allan fesul un gan ddynion pwysig mewn siwtiau, a gosodwyd arwydd 'AR GAU' enfawr mewn llythrennau breision ar ddrysau'r ysgol fach wrth iddynt eu cau'n glep...

Eistedd yng nghefn neuadd enfawr Ysgol Gymraeg Maes Tawe ynghanol môr o faneri coch tŷ Llwchwr ar ddiwrnod eisteddfod yr ysgol, yn gwylio Siwan Fflur yn cael ei chadeirio, â sŵn cymeradwyaeth fyddarol Miss Owen yn llenwi'i chlustiau…

Teithio ar hyd stryd Mam-gu mewn car coch, cyflym, a'r tai teras yn gwibio heibio fel y gwynt. Roedd wyneb y gyrrwr yn ddieithr iddi, ond ymbiliai'n ddiddiwedd arno i arafu wrth i'r car sgrialu'n wyllt tua'r palmant a'r tai, allan o reolaeth yn llwyr…

Ar goll yn y ganolfan siopa yng nghanol Abertawe, wedi'i hamgylchynu gan ddegau, cannoedd, o fechgyn pedair ar ddeg oed, eu gemwaith aur a'u caniau cwrw'n ei dallu'n llwyr, a'u geiriau gwawdlyd yn atseinio'n groch…

'Nôl yn ei llofft yn y bwthyn yn Llanfair, yn ail-fyw noson y ffrae am y canfed, y milfed tro. Roedd popeth mor glir — lleisiau llawn straen ei rhieni; sŵn y cês yn cael ei bacio a'r caead yn cau'n glep; y sŵn traed diamynedd ar y grisiau; injan y car yn tanio ar y buarth; y teimlad o wacter llwyr y tu mewn iddi. O edrych drwy'r ffenestr, gallai weld amlinelliad wyneb ei thad yng ngolau'r lleuad. Ond roedd yr wyneb ei hun yn aneglur, fel petai niwlen drwchus wedi'i thaenu drosto. Galwodd ei enw, ond yn ofer. Fedrai hi ddim gweld ei nodweddion o gwbl — ei wallt brith, ei lygaid siriol, ei wên garedig. Dim ond amlinell fras, a chysgod gwag.

'Daaaaaaaaaaaaaaaaaaaaaaaaaaaad!'

Trodd ei gefn arni.

'Daaaaaaaaaaaaaaaaaaaaaaaaaaaad!'

Agorodd ddrws y car a chamu i mewn iddo, cyn sgrialu fel mellten o'r buarth, ac o'r golwg, am byth…

Rhaid bod Mam-gu wedi cael ei deffro gan sŵn y sgrechiadau, a daeth ati ganol nos i'w chysuro. Daliodd hi yn ei breichiau tan y bore, gan addo'n dawel y byddai popeth yn iawn.

Roedd hwyliau gwael iawn ar Megan fore trannoeth, ac er nad oedd sôn am Mam wrth iddi adael y tŷ am yr ysgol, gwyddai na fyddai hithau'n teimlo'n rhy dda chwaith. Fedrai hi ddim peidio â meddwl am ddigwyddiadau'r noson cynt, a châi ei phoenydio'n barhaus gan ôl-fflachiadau o'i breuddwydion rhyfedd, yn enwedig y ddelwedd o wyneb annelwig ei thad.

Wrth eistedd ar y bws ysgol, chwyrlïai cant a mil o syniadau'n wyllt drwy ei phen. Teimlai'n wirioneddol sâl, rhwng y diffyg cwsg a'r holl boeni. Doedd ganddi ddim syniad sut y byddai'n goroesi'r diwrnod. O leiaf roedd hi'n ddydd Gwener, ceisiodd gysuro'i hun.

Treuliodd y diwrnod mewn breuddwyd. Siaradodd â fawr o neb yn ystod y dydd, dim ond ambell air fan hyn a fan draw yn yr ymarferion. Ond doedd dim ots ganddi – roedd hi *eisiau* llonydd. Chymerodd hi ddim llawer o sylw o'r holl ffys ynglŷn ag eisteddfod yr ysgol *('Pythefnos i fynd...'),* a phrin roedd hi'n gwrando ar Miss Owen pan atgoffodd 6B o ddyddiad cau cystadleuaeth stori fer y Gadair *('Dydd Iau nesaf, yn ddi-ffael!'),* nac ar frolio Siwan Fflur *('Dwi wedi gorffen y trydydd drafft erbyn hyn, ac wedi'i argraffu mewn inc glas golau a'i rwymo'n bert i gyd.')* Chymerodd hi fawr ddim diddordeb yn ymgais Macsen Jones i fod yn glên wrthi ar y bws ar y ffordd adref chwaith, gan ateb ei ymholiadau cwrtais ynglŷn â'i chynlluniau at y penwythnos ag atebion unsill, di-fflach. Bod yn nawddoglyd oedd e wrth geisio bod yn gyfeillgar, darbwyllodd ei hun.

Wrth gael ei gollwng ar ben y stryd ar ddiwedd y prynhawn, tyfodd teimlad anesmwyth yn stumog Megan, ac roedd hi ar binnau. Doedd hi ddim am fynd adref. Doedd hi ddim am wynebu Mam. Roedd hi am ohirio gorfod delio â realiti pethau, am y tro beth bynnag, ac roedd hi'n ysu am gael bwrw'i bol wrth rywun. Rhywun fyddai'n deall, ac a allai gynnig cyngor doeth iddi. Gwyddai mai dim ond gydag un person y gallai siarad, ei hunig ffrind go iawn yma yn Abertawe. Aeth ar ei hunion at ddrws ffrynt tŷ Arthur Morris.

Gwyddai'r hen ŵr yn syth pan agorodd y drws fod rhywbeth mawr yn poeni ei ffrind ifanc.

'Dere miwn, Megan fach,' meddai'n dawel, wrth weld y gwewyr ar ei hwyneb, gan roi ei law'n dyner ar ei hysgwydd.

Dros baned o de a thoc o fara brith cartref, siaradodd Megan yn hir am ei holl ofidiau dros y misoedd diwethaf. Soniodd am y dryswch a'r unigrwydd a'r swildod a deimlodd ers iddi symud i Abertawe, am ei hiraeth mawr am Lanfair a Leri a'r bywyd gwledig, ac am ei phryder ynglŷn â dyfodol ei hen ysgol. A siaradodd yn hir am Mam, ac am Dad – am noson y ffrae pan ddymchwelwyd ei byd bach perffaith, am ddiflaniad rhyfedd ei thad, am iselder ei mam, a'r gyfrinach fawr a fodolai rhyngddi hi a Mam-gu. Soniodd am y galwadau ffôn rhyfedd neithiwr a'i chred bendant mai Dad oedd yn ceisio cysylltu.

Teimlai gymaint yn well ar ôl cael rhannu'i phryderon. Roedd fel pe bai rhywfaint o bwysau gofidiau'r misoedd diwethaf wedi'i godi oddi ar ei hysgwyddau.

Ddywedodd Arthur Morris 'run gair tra siaradai Megan, dim ond rhoi ambell nòd fach yn llawn cydymdeimlad bob hyn a hyn. Wedi iddi orffen bwrw'i bol, siaradodd yn araf ac yn addfwyn.

'Gwranda, Megan fach. Ti 'di bod trwy'r felin yn ddiweddar, wyt wir. A sdim syndod dy fod ti'n teimlo mor ddryslyd, mor *drist* ambyti pethe. Dim ond un ar ddeg oed wyt ti, ac mi rwyt ti'n delio 'da teimlade dwfwn – teimlade dyw oedolion ddim cweit yn siŵr shwt i ddelio 'da nhw yn amlach na pheidio, cred ti fi.'

Roedd llais yr hen ŵr yn gysur ynddo'i hun.

'Ond ti'n 'neud yn grêt, wyt wir.' Tawelodd am ennyd, cyn ychwanegu, 'Falle taw trio siarad â dy fam fydde ore. Ti ddim yn meddwl? Gofyn iddi be sy'n 'i phoeni hi, be sy'n mynd mlân. Ma hawl 'da ti i ga'l gwbod.'

Fedrai Megan ddim yn ei byw ddychmygu gwneud hynny. Wyddai hi ddim sut y gallai grybwyll y peth wrth ei mam yn y lle cyntaf. Roedd hi wedi hen arfer anwybyddu'r sefyllfa erbyn hyn, a sgubo'r cyfan o dan garped enfawr.

'Cofia di fod pob croeso i ti ddod draw unrhyw bryd i siarad 'da Arthur Morris, iawn?'

'Iawn,' atebodd Megan yn dawel, 'Diolch.' Ond, er gwaethaf geiriau caredig yr hen ŵr, cafodd rhyw deimlad ym mêr ei hesgyrn ei fod yntau hefyd yn gwybod mwy, ei fod yn cuddio rhywbeth oddi wrthi.

'Licet ti ddod draw 'ma bore fory, i gael sgwennu tipyn?' holodd Arthur Morris wrth iddi adael. 'Ma dyddiad cau'r stori dydd Iau nesa, on'd yw e?'

'Ym... ydi,' atebodd Megan yn betrusgar. Roedd wedi anghofio'r cyfan am y stori ynghanol yr helynt. Byddai'n rhaid bwrw ati i'w gorffen dros y penwythnos. Doedd arni fawr o awydd gwneud dim byd heno. 'Iawn, wela i chi bore fory, 'te. A diolch... diolch am wrando.'

A hithau'n eistedd mewn tawelwch wrth y bwrdd bwyd y noson honno, gallai Megan synhwyro'r tensiwn amlwg rhwng Mam a Mam-gu. Prin eu bod yn edrych ar ei gilydd nac ar Megan, ac edrychai'r ddwy fel petaen nhw wedi ymlâdd yn llwyr. Rhaid bod rhywbeth wedi digwydd heddiw eto. Fuon nhw ar drip dirgel arall i Dduw a ŵyr ble? A gafwyd galwadau ffôn dirifedi yn atseinio drwy'r tŷ? Beth yn y byd oedden nhw'n ei guddio oddi wrthi?

Siaradodd Mam ddim gair o gwbl trwy gydol y pryd bwyd. Edrychai'n flinedig a gofidus, a phan ddechreuodd y ffôn ar waelod y grisiau ffloeddio canu, aeth yn welw a syllu'n llawn panig ar Mam-gu. Cododd honno'n bwyllog o'r bwrdd, cyn estyn am y derbynnydd yn araf.

'Ym, rhif anghywir, ma'n ddrwg 'da fi,' meddai ymhen rhai eiliadau, cyn gosod y derbynnydd yn ôl yn ei briod le. Yna, fe'i cododd eto a'i osod oddi ar ei grud ar y bwrdd ger y ffôn.

'Ma'r *nuisance callers* 'ma'n boen, odyn wir,' meddai Mam-gu, wrth iddi sylwi ar Megan yn syllu arni. 'Trio gwerthu rhywbeth ddydd a nos. Ffenestri dwbl, ffonau symudol, gwres canolog... Gewn ni ychydig o lonydd nawr, gobeithio!'

Gwelodd Megan fod Mam yn osgoi edrych i fyw llygaid Mam-gu. Gwyliodd hi'n sychu'i dagrau, cyn codi'n dawel, dawel a dringo'r grisiau i'w hystafell wely, heb gyffwrdd yn ei swper.

Bu Megan yn troi a throsi am hydoedd eto'r noson honno. Roedd hi ar fin syrthio i gysgu, o'r diwedd, pan ddechreuodd y ffôn ganu unwaith eto. Rhaid bod Mam-gu wedi'i osod yn ôl yn ei grud. Doedd dim syniad gan Megan faint o'r gloch oedd hi. Cododd yn dawel fach, sleifio'n ddistaw at ddrws ei hystafell wely a'i agor yn araf.

Roedd caniad undonog y ffôn wedi peidio erbyn hyn, ac yn ei le, o ben y grisiau, gallai Megan glywed llais crynedig ei mam.

'Plis, gad lonydd i ni. Dwi wedi gofyn a gofyn, gad ni i fod!'

Yna saib hir, cyn i lais Mam darfu ar y tawelwch unwaith eto.

'Cyfreithiwr? Cyfreithiwr?! Grêt – dwi'n edrych mlân at glywed ganddo fe. Ac fe ddweda i bopeth, paid ti â phoeni.'

Roedd Mam yn beichio crio erbyn hyn. Clywodd Megan hi'n gosod y derbynnydd yn glep yn ei grud cyn dechrau dringo'r grisiau. Aeth i guddio'n dawel y tu ôl i'r cwpwrdd ar y landin.

Safodd yno fel delw, heb symud blewyn. Clywodd ddrws ystafell wely ei mam yn agor yn dawel, ac yna'n cau yr un mor ddistaw. Cyfrodd Megan i gant yn ei phen. I dri chant. I bum cant. Yna, pan oedd yn berffaith siŵr nad oedd neb yn ei chlywed, sleifiodd yn dawel fel lleidr i lawr y grisiau, ar bigau'r drain.

Cododd dderbynnydd y ffôn yn araf, araf. Deialodd 1471. Chwiliodd yn wyllt yn y tywyllwch am ddarn o bapur a phensil, a cheisiodd ei gorau i gofnodi'r rhif a atseiniai yn ei chlust.

029 20 743 512

Ailddeialodd 1471, er mwyn gwneud yn siŵr ei bod wedi cofnodi'r rhif yn gywir, cyn gosod y derbynnydd yn ôl yn ei grud, mor ofalus â phe bai'n trafod tlysau'r goron. Dringodd y grisiau'n bwyllog, a sleifio ar hyd y landin heibio i ddrws ystafell wely Mam, yna ystafell Mam-gu, cyn cyrraedd drws ei hystafell ei hun. Agorodd ef yn araf, ac ymlithrodd draw at ei desg. Gosododd y darn papur â'r rhif ffôn arno o dan bentwr o lyfrau yn y ddrôr uchaf. Yna, trodd am y gwely. Neidiodd o dan y dwfe, a chau ei llygaid yn dynn. Roedd cant a mil o syniadau'n rasio drwy ei phen, a'i hymennydd ar fin ffrwydro.

Pennod 21

Cododd Megan gyda'r wawr fore trannoeth. Gwisgodd amdani, cydio yn ei llyfr nodiadau, a throedio'n dawel i lawr y grisiau i'r gegin. Gadawodd nodyn brysiog ar y bwrdd, ac erbyn wyth o'r gloch roedd hi'n sefyll ar stepen drws Arthur Morris. Roedd cymaint ganddi i'w drafod gydag ef y bore 'ma, yn dilyn digwyddiadau rhyfedd y noson cynt. Gwyddai hefyd fod tipyn o waith tacluso'r stori fer ganddi i'w wneud, er taw dyna'r peth olaf ar ei meddwl.

Ond yn hytrach na'r wên siriol a'r llygaid caredig arferol, roedd golwg ofidus ar wyneb yr hen ddyn.

'O Megan fach, wi mor falch dy fod ti 'ma. Dere mas y bac 'da fi glou. Ma rhywbeth ofnadw wedi digwydd i un o'r adar bach.'

Dilynodd Megan ef yn bryderus drwy'r tŷ.

Arweiniodd yr hen ŵr hi i'r sied fach ar waelod yr ardd, ac yno, wedi'i osod mewn bocs cardfwrdd yn llawn toriadau papur newydd, roedd aderyn bach, brau. Adnabu Megan y got fraith frown a gwyn mewn chwinciad – bronfraith oedd hi. Roedd golwg drallodus arni, a'i phlu yn bwfflyd, fel *soufflé* anferthol. Roedd hi'n amlwg wedi'i niweidio'n ddrwg.

'Be sy 'di digwydd iddi?' gofynnodd Megan yn ofidus.

'Wedi bwrw mewn i ffenest y sied 'ma wrth hedfan, wi'n credu. Weles i 'mo'r peth yn digwydd, ond 'na le ffindes i hi, o dan y ffenest, pan ddes i mas i'r ardd y peth cynta bore 'ma.' Roedd tinc dagreuol yn llais yr hen ŵr.

'Druan fach, ma hi wedi niweidio'i llygad – weli di? Ac mae'n nerfe i gyd. Dries i 'i rhoi hi yn y bocs 'na heb gyffwrdd gormod ynddi. Wedi'r cyfan, ma hi'n dal mewn sioc, a gadel llonydd iddi sydd ore ar hyn o bryd. I aderyn wedi'i glwyfo, rheibwyr y'n ni, t'wel. Ni'n codi gyment o ofan arni â chath! Galle'r sioc o gael rhywun yn cyffwrdd gormod ynddi fod yn ddigon i'w lladd hi.'

Synhwyrodd Megan fod Arthur Morris yn gwybod yn union beth i'w wneud â'r aderyn clwyfedig. Cofiodd yn sydyn iddo sôn rywdro am ei waith gwirfoddol yn yr ysbyty adar ym Mhenrhyn Gŵyr. Yn union fel pe bai wedi darllen ei meddwl, meddai'r hen ŵr,

'O'n i wedi meddwl gadel iddi yn y bocs am sbelen fach, rhoi cyfle iddi dawelu, a gweld shwt siâp fydde arni wedyn. Ond ma golwg gas ofnadw ar y llygad 'na. Wi'n credu taw ffonio'r ysbyty adar fydde ore. Falle bydd yn rhaid mynd â hi draw 'na.'

Aeth Arthur Morris ar ei union i'r tŷ i ffonio, gan adael Megan yn gwylio dros y fronfraith fregus. Bu'n ofalus i beidio â chyffwrdd bys ynddi, dim ond syllu'n wyliadwrus arni'n cwtsho'n ofnus yng nghornel y bocs cardfwrdd. Druan fach, meddyliodd. Roedd golwg mor ddiymadferth, mor ddiamddiffyn, mor unig arni. Roedd hi allan o'i chynefin yn llwyr. Cofiodd Megan am y dywediad a ddysgodd gan Mrs Tomos yn Ysgol Llanfair 'slawer dydd − dywediad perffaith i ddisgrifio person nerfus, ansicr, ofnus. 'Yn crynu fel cyw mewn dwrn.' Deallai union ystyr y dywediad yn awr.

Bu Arthur Morris yn y tŷ am amser hir, a gobeithiai Megan nad oedd yn cael trafferth cysylltu â'r ysbyty adar. Bu bron iddi fynd i chwilio amdano, i wneud yn siŵr fod pob dim yn iawn, ond doedd hi ddim am adael yr aderyn brau ar ei ben ei hun.

Ymhen hir a hwyr, ymddangosodd yr hen ŵr, ac o fewn ychydig funudau roedd y tri ohonynt − Megan, Arthur Morris a'r fronfraith fregus − yn eistedd yn Volvo hynafol ond dibynadwy Arthur Morris, ac yn teithio o'r ddinas, heibio i Fae Abertawe, ac allan i gyfeiriad Penrhyn Gŵyr. Eisteddai Megan yn y sedd gefn, y bocs â'r aderyn clwyfedig ynddo'n glòs wrth ei hymyl.

"Wedon nhw am fynd â hi lan yn syth,' esboniodd Arthur Morris wrth yrru. "Na'r lle gore iddi, t'wel. Fe ofalan nhw amdani, nes ei bod hi'n ddigon cryf i fynd 'nôl i'w chynefin.'

Holodd ef fel pwll y môr am y gwahanol adar y bu'n rhaid iddo'u cyrchu yno dros y blynyddoedd, ac roedd yntau wrth ei fodd yn rhannu'r amrywiol hanesion â'i gyfaill chwilfrydig. Clywodd Megan am y degau o adar bach a niweidiwyd gan gathod, a adawyd yn amddifad, neu a wthiwyd o'r nyth yn rhy gynnar gan eu rhieni. Clywodd am y ddrudwen oedd yn dioddef dan effaith y cynron, am yr aderyn du a dorrodd ei goes wedi iddo hedfan i mewn i ffenest y gegin, a'r robin goch a ddaliodd salmonela o fwrdd adar wedi'i heintio.

'Wir i ti, ma fe'n lle sbeshal iawn. Wrth gwrs, dyw pob aderyn clwyfedig ddim yn ddigon lwcus i ddod o 'na'n fyw – yn anffodus, 'sdim byd allan nhw 'neud dros rai ohonyn nhw. Ond ma nhw'n trio'u gore, t'wel, ac yn 'neud gwaith arbennig.'

'O'ch chi'n arfer gweithio 'na, o'ch chi?' Roedd Megan wrth ei bodd yn gwrando ar yr hen ŵr, ac roedd yntau'n amlwg yn ei elfen wrth barablu'n ddi-baid gyda gwrandäwr mor chwilfrydig.

'Wel, gwirfoddoli o'n i – mynd mewn ambell ddwrnod fan hyn fan draw os o'dd angen help arnyn nhw. Helpu 'da'r ffeilo yn y swyddfa, carthu'r bocsys adar, 'neud te hyd yn oed! O'n i wrth 'y modd yn helpu, ac fe ddysges i lot fowr. Ond o'dd hynny cyn i'r hen wynegon 'ma ddechre gweud arna i. Gorfod i fi gwpla yn y diwedd, rhyw bum mlynedd yn ôl. Ond wi'n dala mewn cysylltiad 'da nhw, pan fydd angen cyngor arna i ynglŷn â'r hen adar bach, a bydda i'n cael cyfle i fynd 'nôl i'w gweld nhw ar ddiwrnode fel heddi. O jiw, ry'n ni bron â chyrraedd!'

Sylwodd Megan ddim rhyw lawer ar y daith o'r ddinas allan i'r Gŵyr, mor astud y bu'n gwrando ar straeon Arthur Morris. Yn sydyn, gwelodd eu bod yn dynesu at arwydd pentref Pennard. Ger yr ysgol gynradd yng nghanol y pentref, trodd Arthur Morris i'r chwith, cyn gwyro'r car eilwaith i'r chwith ac anelu ar hyd lôn garegog, gul o'r enw Sandy Lane. Am siwrnai! Cafodd Megan ei hatgoffa o Megaffobia ym Mharc Oakwood wrth sboncio yn Volvo Arthur Morris ar hyd y lôn dyllog, anwastad! Erbyn cyrraedd pen draw'r lôn, a darn mwy gwastad o goncrid llyfn, teimlai Megan yn sâl wrth boeni am y fronfraith druan yn y bocs.

'Dyw'r rhewl 'na'n gwella dim!' oedd unig sylw Arthur Morris.

Syllodd Megan o'i chwmpas, a gweld rhesi ar resi o hen *chalets* pren ymhob man. Gwelodd arwydd pren bychan â llun aderyn arno, a saeth yn pwyntio'n syth ymlaen, ym môn un o'r cloddiau. Yna gwelodd arwydd arall, ac un arall, yn eu cyfarwyddo at yr ysbyty adar, er y gallai Arthur Morris fod wedi gwneud y daith â'i lygaid ynghau. Teimlai Megan fel pe bai ar helfa drysor ddirgel. Roedd rhywbeth cyfrin a hudolus am y lleoliad arbennig hwn.

Camodd Megan o gefn y Volvo, gan gydio'n ofalus yn y bocs cardfwrdd, a dilyn Arthur Morris at y dderbynfa mewn hen *chalet* pren. Canodd y gloch, ac ymhen munud neu ddau ymddangosodd dynes siriol yn ei phedwardegau i'w croesawu. Cyfarchodd hi ac Arthur Morris ei gilydd fel hen ffrindiau.

'Dyma Kate, rheolwraig yr ysbyty adar,' cyflwynodd hi i Megan, 'and this is Megan, a dear friend of mine.'

Esboniodd yr hen ŵr yn frysiog am ddolur y fronfraith, a gwahoddodd Kate hwy i'w dilyn drwy'r dderbynfa i'r ystafell driniaethau yng nghefn yr ysbyty. Wedi archwilio'r aderyn yn fanwl, dywedodd nad oedd dewis ond ei chadw yno i drin y llygad clwyfedig a helpu'r creadur i gryfhau.

'And then, hopefully, when she's regained her strength we can return her to the wild where she belongs,' ychwanegodd, wrth weld y pryder amlwg ar wyneb Megan. Addawodd y byddai'n cadw mewn cysylltiad, ac yn hysbysu Arthur Morris o unrhyw newid yng nghyflwr yr aderyn.

Cyn iddynt adael, gadawodd i Megan gael cip ar y draenogod wedi'u clwyfo mewn rhan arall o'r ysbyty. Roedd degau ohonynt! Cafodd olwg gyflym hefyd, heb fynd yn rhy agos, ar y cytiau pren a'r hen garafanau allan yn yr ardd gefn a oedd yn cartrefu'r adar clwyfedig niferus a ddeuai i'r ysbyty bob wythnos.

Am le anhygoel! Er bod Megan yn teimlo braidd yn bryderus, os nad yn drist, wrth adael, gwyddai serch hynny fod y fronfraith fach yn y lle gorau posibl i wella'n llwyr o'i hanaf.

Pennod 22

Wrth gyrraedd yn ôl at y ffordd fawr ym mhentref Pennard, ar eu ffordd adref o'r ysbyty adar, sylwodd Arthur Morris ei bod hi bron yn amser cinio.

'Wel y jiw jiw, o'n i'n meddwl bod yr hen stumog 'ma'n trio gweud rhywbeth wrtha i! Wyt ti bytu starfo hefyd, Megan fach?'

'Ydw!' atebodd Megan yn bendant. Chofiodd hi ddim yng nghanol cyffro'r bore na chafodd hi damaid o frecwast.

'Wel, 'na lwcus ontefe! Edrych yn y fasged 'na sy ar y sêt flân. O's rhywbeth yn dwyn dy ffansi di?'

Estynnodd Megan am y fasged frwyn. Doedd hi heb sylwi arni cyn hynny. Cododd y lliain sychu llestri oedd wedi'i osod yn daclus i'w gorchuddio, gan ddatgelu llu o ddanteithion a oedd yn tynnu dŵr i'w dannedd yn syth. Brechdanau samwn a chiwcymbyr ar fara brown cartre; torth o fara brith a menyn hufennog yn drwch ar bob tafell; pice ar y maen; sgons, a phot o jam cyrens duon i'w taenu drostynt; a photel enfawr o lemonêd cartre.

'Chi 'di bod yn brysur!' meddai Megan mewn rhyfeddod. 'Pryd gawsoch chi amser i baratoi'r bwyd 'ma i gyd?'

Atebodd Arthur Morris ddim, dim ond rhoi winc fach ddireidus. Mae'n rhaid taw dyna pam roedd e mor hir y bore 'ma pan aeth i ffonio'r ysbyty adar, meddyliodd Megan.

'Dere,' meddai'r hen ŵr wrth lywio'r car i'r dde wrth y groesffordd yng nghanol pentre Pennard. 'Wi'n gwbod am yr union le i gael picnic bach!'

Gyrrodd i waelod y pentref, a pharcio'r car ym maes parcio'r Ymddiriedolaeth Genedlaethol mewn lleoliad hyfryd yn edrych dros arfordir de Gŵyr.

''Co ni!' meddai wrth ddiffodd injan y car. 'Clogwyni Pennard. Fuest ti fan hyn o'r blân?'

'Naddo,' atebodd Megan. Fuodd hi erioed ym Menrhyn Gŵyr cyn hynny, er mor agos oedd e i Abertawe, ac er i Mam addo mynd â hi yno droeon.

Camodd Arthur Morris o'r car, a dilynodd Megan ef gan gario'r fasged bicnic yn ofalus. Edrychodd o'i chwmpas. Gwelai'r clogwyni enfawr yn ymestyn am filltiroedd i'r ddau gyfeiriad, a'r môr yn garped glaslwyd hyd y gorwel. Roedd hi'n ddiwrnod rhyfeddol o glir am ganol mis Chwefror, ac er ei bod hi'n oer, doedd dim gormod o wynt, dim ond awel ysgafn, iachus.

'Wel, am ddwrnod bendigedig i ddod 'ma,' meddai Arthur Morris, wrth arwain Megan draw at hen gaban pren i dalu am gael lle i barcio. 'Gei di weld Gŵyr yn ei holl ogoniant heddi, Megan fach. Nawr 'te, beth am i ni gael wâc fach yn gynta? Wi'n gwbod am le perffaith i fyta'n picnic!'

Daliodd Megan yn ôl rhyw ychydig. Meddyliodd tybed a fyddai ots gan Mam os na fyddai hi'n mynd adre am ginio heddiw. Na fyddai, debyg iawn – roedd hi'n fodlon mentro taw yn y gwely roedd hi o hyd, beth bynnag.

Rhaid ei fod wedi darllen y gofid yn llygaid Megan, oherwydd rhoddodd Arthur Morris ei fraich yn dyner am ei hysgwyddau. 'Dere,' dywedodd yn ysgafn. 'Fyddwn ni ddim yn hir. Neith tamed bach o awyr y môr fyd o les i ti, gei di weld.'

Cydgerddodd y ddau at y llwybr a redai hyd ymyl y clogwyn. Trodd Arthur Morris i'r dde, a dilynodd Megan ef.

'Ffor 'na fyddet ti'n mynd am Fae Pwll Du.' Pwyntiodd yr hen ŵr i'r cyfeiriad arall, a gallai Megan weld y cildraeth bychan heibio'r clogwyni yn y pellter. 'Ond ffor hyn ewn ni heddi – draw am draeth Pobbles a Bae'r Tri Chlogwyn.'

Cerddodd y ddau ar hyd y llwybr cul, heb yngan gair am sbel. Amsugnodd Megan ffresni'r awel iach, ynghyd â lliwiau godidog yr awyr a'r tir, y creigiau calchfaen a'r tywod euraid islaw. Wrth ddynesu at ochr y clogwyn, gyda chastell hynafol Pennard a'r cwrs golff yn y pellter ar y dde, a thraeth bychan Pobbles a'r olygfa syfrdanol o Fae'r Tri Chlogwyn i'r chwith, teimlai'r gwynt yn chwythu'n ysgafn drwy'i gwallt. Gallai weld fod golwg hapus, fodlon ar wyneb Arthur Morris hefyd.

'Dere, eisteddwn ni fan hyn i ga'l cinio bach,' meddai yntau, gan gyfeirio at fainc bren a safai mewn llecyn delfrydol uwch yr olygfa cerdyn post. 'Wi bytu starfo!'

Taenodd y wledd o'r fasged bicnic o'u blaenau.

''Co ti un o'r golygfeydd hyfryta yng Nghymru, os nad yn y byd, ma'n siŵr 'da fi,' meddai wrth i'r ddau ddechrau bwyta'n awchus. 'Bae'r Tri Chlogwyn. Ma pobol yn dod o bedwar ban y byd i weld yr olygfa hon, a ma hi reit ar stepen ein drws ni!'

Syllai Megan mewn rhyfeddod. Wyddai hi ddim fod Gŵyr yn lle mor brydferth, ac nad oedd ond tafliad carreg o'r ddinas. Cafodd ei hatgoffa o'i theithiau cerdded hi a Dad i wylio adar yng Nghhwmtudu a Chei Bach, a'r gwyliau haf hyfryd hwnnw yn Sir Benfro rai blynyddoedd yn ôl. Cofiodd am y teimlad hapus, dibryder, *rhydd* hwnnw, nad oedd wedi ei brofi ers amser maith.

'Wi 'di bod yn dod fan hyn ers blynydde maith, a wi byth yn stopo rhyfeddu at harddwch y lle.' Torrodd yr hen ŵr ar draws ei feddyliau. 'Er, wi heb fod 'ma ers sbel, chwaith. Yr hen wynegon 'ma. Wi ddim mor ifanc ag y bues i, yn anffodus! Ac mae'n brafiach dod 'ma 'da cwmni 'fyd.'

Anadlodd yn ddwfn, gan lenwi'i ysgyfaint ag awyr y môr, cyn parhau. 'O'n i'n dod fan hyn yn amal pan o'n i'n grwtyn bach, am bicnic ar bnawn dydd Sul ac i lychu 'nhrâd yn nŵr y môr! O'dd e'n lle perffaith i ddianc rhag dinistr y ddinas yn dilyn y Blits.'

Gwrandawodd Megan yn astud wrth iddo hel atgofion.

'A phan ddechreuodd Gwen a finne ganlyn, fan hyn fydden ni'n dod, i sgwrsio a chwerthin a cherdded law yn llaw ar y traeth. Fuon ni 'ma gannoedd o weithie ar hyd y blynydde. O'dd Gwen yn dwlu ar y lle.'

Daeth golwg bell i wyneb yr hen ŵr.

'Mae'n hyfryd 'ma.' Wyddai Megan ddim beth arall i'w ddweud. Roedd Arthur Morris yn iawn – roedd e *yn* lle perffaith i ddianc iddo.

'Sdim byd i guro gwynt y môr. O'dd 'y nhad-cu i'n gapten llong, a'i dad ynte cyn hynny. Wi'n ame'n gryf i finne ga'l 'y ngeni â llwyed fowr o halen yn 'y ngwaed i 'fyd!'

Roedd y môr yn llonydd, llonydd fel haenen frau o wydr, a phelydrau gwan yr haul yn dawnsio'n ysgafn ar hyd ei wyneb. Roedd hi'n llanw isel. Ymestynnai tywod traeth Pobbles fel carped euraid, hudol hyd at Fae'r Tri Chlogwyn yn y pellter. Roedd fel pe bai'n eu gwahodd nhw ill dau lawr i'w droedio, i adael olion eu traed yno, am byth bythoedd...

'Fan hyn ma Gwen nawr, ti'n gweld.' Prin y clywai Megan sibrwd tawel Arthur Morris. 'Wel, yr hyn sy'n weddill ohoni, ta beth.'

Edrychodd hithau'n ddryslyd arno.

'Fan hyn y cafodd ei llwch hi ei wasgaru, ar ôl iddi farw,' esboniodd. 'Draw fan'co ar ochr y clogwyn. 'Na beth o'dd 'i dymuniad hi. A fan hyn licen i ddod 'fyd, pan fydda i wedi gadel yr hen fyd 'ma.'

Cronnodd y dagrau yn ei lygaid. Cododd yn araf a cherdded

at ymyl y clogwyn, gan syllu'n hir i'r pellter. Gwyddai Megan fod angen llonydd arno nawr.

Eisteddodd hithau'n dawel am rai munudau ar y fainc uwchben y môr. Meddyliodd pa mor braf fyddai rhewi'r olygfa hon am byth; cadw'r arogleuon a'r synau a'r teimladau cynnes, bodlon a lenwai'i thu mewn yn saff yn nhrysorfa'i chof. Ymhell, bell o afael pawb.

Ac wrth eistedd yno'n gwylio'r hen ŵr yn cofio'r dyddiau a fu, sylweddolodd peth mor braf oedd y teimlad o berthyn. Roedd Arthur Morris yn gwybod ei fod e'n perthyn yma, i'r llecyn arbennig hwn, a bod rhywbeth arbennig yn ei glymu'n ddiamod wrtho. Ond beth amdani hi? I ble roedd hi'n perthyn? I Lanfair? Ie, heb os, un tro. Roedd yna adeg pan na fyddai hi wedi gallu dychmygu gadael y lle, pan oedd ei byd bach hi'n berffaith grwn yn ei milltir sgwâr. Ond roedd pethe wedi newid. Roedd *popeth* wedi newid. I ble roedd hi'n perthyn nawr? I Abertawe? Choeliai hi fawr... Ond eto, roedd rhywbeth am y llecyn yma, am yr ardal hon nid nepell o strydoedd llwyd y ddinas, a lwyddodd, heddiw, i gynhesu'i chalon...

Am y tro cyntaf y diwrnod hwnnw, cofiodd am ddigwyddiadau rhyfedd y noson cynt, a'r galwadau ffôn ganol nos. Roedd hi wedi bwriadu bwrw'i pherfedd wrth Arthur Morris, ond gwyddai nad dyma'r lle na'r amser i wneud hynny. Byddai'n rhaid delio â'r sefyllfa eto, ond roedd hi am i'r diwrnod arbennig hwn bara cyhyd â phosib. Gwthiodd ei chyfyng gyngor ymhell i gefn ei meddwl am y tro.

Daeth Arthur Morris yn ôl ati ymhen ychydig. 'Dere,' meddai, gan afael yn dyner yn ei braich. 'Ewn ni lawr i'r traeth. Wi heb fod ers blynydde, ond ddwlen i fynd, er cof am 'slawer dydd...'

Casglodd Megan drugareddau'r fasged bicnic ynghyd,

a cherddodd y ddau fraich ym mraich hyd y llwybr cul a arweiniai i lawr at y traeth. Roedd cerddediad yr hen ŵr yn gadarn, a dawnsiai ei lygaid wrth adrodd hanesion amdano ef a Gwen a Mot y ci.

Cerddodd y ddau dros y cerrig mân a thywod traeth Pobbles, draw at Fae'r Tri Chlogwyn. Ddywedodd Arthur Morris fawr ddim gydol y daith, dim ond cydio ym mraich Megan, a gwenu'n dawel fach wrtho'i hun.

Erbyn i'r ddau gyrraedd yn ôl i'r car oriau'n ddiweddarach, roedd y maes parcio bron yn wag, a'r awyr wedi dechrau tywyllu.

'Jiw, ma hi'n hanner awr wedi pump!' meddai Arthur Morris yn llawn syndod. 'I ble'r aeth yr amser, gwed?!'

Wrth deithio'n ôl i gyfeiriad y ddinas, teimlodd Megan gymysgedd o flinder a bodlonrwydd yn ei llethu. Wrth wylio lliwiau godidog y gwyll dros Fae Abertawe, trodd at Arthur Morris.

'Diolch am heddi. Dwi wedi cael diwrnod i'w gofio.'

'Croeso, Megan fach. Diolch i ti am dy gwmni. Bydd raid i ni fynd 'to. Falle gallwn ni fynd i un arall o draethe'r Gŵyr tro nesa – Oxwich, Bae Caswell neu Bort Einon, neu Rosili wrth gwrs. A falle galle dy fam a dy fam-gu ddod 'da ni?'

'Ie, grêt,' atebodd Megan, er na wyddai pa mor debygol oedd hynny, mewn gwirionedd. Caeodd ei llygaid gan ildio i'w blinder, a theimlad hapus, cynnes yn ei meddiannu.

Pan ddeffrodd, roedden nhw'n ôl yn Abertawe, a'r car wedi'i barcio'n dwt ar y stryd o flaen tŷ Arthur Morris.

'Amser mynd sha thre.' Teimlodd law yr hen ŵr yn ysgwyd ei braich yn dyner. 'Diolch eto am dy gwmni. Falle ddoi di draw am dro bach fory? Wi'n siŵr yr hoffe Cnoci dy weld di!'

Curodd Megan ar ddrws tŷ Mam-gu, ac arhosodd yn hir

am ateb. O'r diwedd ymddangosodd Mam. Roedd hi'n dal yn ei dillad nos a'i hwyneb yn welw a blinedig. Aeth yn syth yn ôl i'w gwely, heb hyd yn oed holi Megan ble buodd hi drwy'r dydd, gan gwyno bod cur pen ofnadwy ganddi.

Mynd i'w gwely wnaeth Megan hefyd. Roedd hi bron yn saith o'r gloch. Awr fach o gwsg cyn swper, meddyliodd, cyn syrthio i drwmgwsg dibryder.

Pan ddeffrodd hi, roedd popeth yn dywyll fel y fagddu. Teimlai fel pe bai wedi cysgu ers dyddiau, wythnosau. Craffodd ar y cloc ger y gwely. Hanner nos!

Cofiodd am ei diwrnod arbennig hi ac Arthur Morris ym Mhenrhyn Gŵyr – y diwrnod hapusaf a brofodd ers tro byd. Cofiodd mor fodlon y teimlai ar y ffordd adre yn y car, ac wrth fynd i gysgu rai oriau'n ôl. Ond nawr, yn nyfnder nos, roedd y teimlad annifyr cyfarwydd yn corddi ynddi unwaith eto. Fedrai hi ddim meddwl beth yn union oedd o'i le.

Eisteddodd i fyny yn y gwely. Edrychodd o'i chwmpas. Meddyliodd yn galed. Oedd rhywbeth wedi digwydd?

Ac yna'n sydyn, agorodd llifddorau'i chof, a rhuthrodd y cyfan yn ôl yn gawdel blêr. Wrth gwrs – Mam a Dad, Ysgol Llanfair, Abertawe, unigrwydd, hiraeth, galwadau ffôn ganol nos. Doedd un diwrnod yn Mhenrhyn Gŵyr ddim yn ddigon i gael gwared ar y cyfan hyn…

Cododd o'i gwely, ac ymlwybro drwy'r tywyllwch draw at ei desg. Agorodd y drôr yn araf, ac ymbalfalu am y darn papur. Y darn papur a'r rhif ffôn arno. Daeth o hyd iddo, cyn cau'r drôr a dychwelyd i'r gwely. Roedd cant a mil o syniadau'n chwyrlïo drwy'i phen. Fedrai hi fentro ffonio nawr, ganol nos fel hyn? Tybed…? Na, aros fyddai orau. Aros tan y bore.

Caeodd ei llygaid yn dynn, dynn. Ond gwyddai na fyddai'n cysgu llawer.

Pennod 23

Troi a throsi'n anesmwyth wnaeth Megan drwy'r nos, gan syllu bob dau funud ar y cloc wrth y gwely, ac aros yn ddiamynedd am y bore. Bob tro y caeai ei llygaid, y cyfan a welai oedd wyneb Dad yn hofran o'i blaen, ei wên garedig yn pefrio a'i lygaid lliw siocled yn dawnsio. Llenwyd yr ychydig oriau o gwsg anniddig a gafodd â golygfeydd erchyll o ddamweiniau car, ysbytai, angladdau a cherrig beddi. Am y tro cyntaf ers y noson olau leuad honno fis Awst y llynedd, y noson y newidiodd popeth am byth, daeth y posibilrwydd efallai fod Dad wedi marw... wedi *marw*... yn hollol real iddi. Wedi'r cyfan, ble ar wyneb y ddaear allai e fod?

Heddiw, byddai'n canfod y gwir. Byddai'n deialu'r rhif ffôn ar y darn papur yn ei llaw, ac yn cael atebion i'r holl gwestiynau a lenwai ei phen ddydd a nos. Heddiw, byddai'n datrys y dirgelwch, unwaith ac am byth. Gobeithio...

Wyth o'r gloch. Clywodd Megan ei mam-gu'n codi yn ei hystafell wely ar ochr arall y landin. Gwrandawodd arni'n croesi draw i'r ystafell molchi, yna'n dychwelyd i wisgo amdani, cyn mynd i lawr y grisiau i'r gegin. Bore dydd Sul. Ymhen rhyw awr byddai Mam-gu'n gadael y tŷ i fynychu'r cwrdd deg o'r gloch yn y capel.

'Dyna 'nghyfle i,' meddyliodd Megan. Byddai Mam yn ei gwely am oriau, fwy na thebyg, a Mam-gu allan o'r tŷ am ryw awr o leiaf.

Gorweddodd yno'n syllu ar y cloc ac ar bedair wal flodeuog yr ystafell wely, gan wrando'n astud er mwyn clywed Mam-gu'n gadael. Roedd yr aros yn artaith, a stumog Megan yn glymau i gyd. Yn y man, clywodd y drws ffrynt yn agor, ac yna cau'n glep. O'r diwedd!

Cododd yn frysiog o'r gwely, a cherdded yn ysgafn, ysgafn at y drws. Agorodd ef yn araf bach, cyn croesi'r landin. Agorodd ei dwrn a syllu ar y darn papur wedi'i wasgu'n fân. Tynnodd anadl ddofn, cyn troedio'r grisiau yn dawel, dawel fach. Roedd hi'n chwys oer drosti. Dyma ni, meddyliodd, does dim troi 'nôl nawr. Teimlai'n oer, yn boeth, yn wan ac yn sâl wrth estyn am y derbynnydd.

Crynai ei bysedd fel dail yr hydref wrth ddeialu'r rhif. Daliodd ei gwynt â'r derbynnydd wrth ei chlust. Canodd y ffôn am hydoedd, heb neb yn ateb ei gri. Tybed a oedd hi'n ffonio'n rhy fore? Efallai bod hanner awr wedi naw ar fore dydd Sul yn rhy gynnar. Ond yn rhy gynnar i bwy? Pwy oedd hi'n disgwyl fyddai'n ateb? Dad? Rhywun arall? Neb...?

Roedd hi ar fin gosod y derbynnydd yn ôl yn ei grud pan glywodd lais yn ateb. Llais cysglyd, ond clir fel cloch. Llais menyw.

'Helô?'

Rhewodd Megan.

'Helô?' holodd y llais eto. Llais menyw gweddol ifanc, tybiai Megan. Llais dieithr. Ond eto, roedd rhywbeth cyfarwydd yn ei gylch, hefyd.

'Helô?' holodd am y trydydd tro.

Wyddai Megan ddim beth i'w wneud. Doedd hi ddim wedi disgwyl hyn. Pwy oedd hon? A wnaeth hi gamgymeriad wrth dybio bod cysylltiad rhwng galwadau rhyfedd y noson o'r blaen a diflaniad ei thad? Oedd hi wedi codi'i gobeithion yn ofer?

Rhoddodd y derbynnydd i lawr. Syllodd ar y darn papur yn ei llaw. Beth ddylai hi wneud? Ffonio eto? Oedd hi wedi deialu'r rhif cywir? Pwy oedd y ddynes a atebodd y ffôn?

Chafodd hi ddim cyfle i feddwl nac i boeni rhagor, gan

iddi glywed sŵn drws ystafell wely Mam yn araf agor.

'Meg, ti sy 'na?' galwodd Mam o'r llofft.

Cuddiodd Megan y darn papur yn frysiog ym mhoced ei gŵn nos.

'Dere â phaned i fi, 'nei di, cariad? Ma pen tost ofnadw 'da fi o hyd.'

Treuliodd Megan weddill y bore yn tendio ar ei mam. Roedd y ddwy botel win wag ar fwrdd y gegin yn esbonio'r cur pen, ac roedd golwg wael arni. Chododd hi ddim o'r gwely drwy'r bore, ond gwyddai Megan nad oedd hi'n cysgu chwaith.

Fentrai Megan ddim ffonio'r rhif eto, gan fod Mam ar ddihun. Ond fedrai hi ddim peidio â meddwl am yr alwad ffôn y bore hwnnw a llais y ddynes ddieithr, ond lled-gyfarwydd, yr ochr draw. Eisteddodd mewn tawelwch yn yr ystafell fyw, gan wrando, ar binnau, ar sŵn y tŷ'n anadlu.

Daeth Mam-gu adref o'r cwrdd a mynd ati i baratoi cinio. Toc wedi un, gadawodd am y capel unwaith eto. Roedd hi'n ddiwrnod y Gymanfa Ganu. Fyddai hi ddim yn ôl tan diwedd y prynhawn, gan y byddai te yn y festri yn dilyn yr oedfa.

Fwytodd Mam fawr ddim cinio, ac aeth yn syth yn ôl i'r gwely wedi i Mam-gu adael. Eisteddodd Megan am amser ar erchwyn ei gwely yn aros iddi gysgu. Syllodd yn hir arni.

'Be sy'n bod, Mam?' sibrydodd yn dawel, ond diflannodd ei geiriau i ganol annibendod diflas yr ystafell.

Sut y daeth hi i hyn? Nid fel hyn roedd Mam i fod. Fe ddigwyddodd rhywbeth mawr iddi'r noson y gadawodd Dad. Ond beth?

Roedd Megan yn benderfynol o ganfod y gwir. Unwaith y gwelodd fod Mam yn cysgu, sleifiodd i lawr y grisiau. Estynnodd am y darn papur crebachlyd o'i phoced. Roedd ei dwylo'n gadarnach y tro hwn wrth godi'r derbynnydd a deialu'r rhif. Gwyddai fod yn rhaid iddi wneud hyn. Siarad â'r llais ar ben arall y ffôn, canfod atebion i'r holl gwestiynau a'i phoenai cyhyd, datrys y dirgelwch unwaith ac am byth.

Canodd y ffôn am hydoedd. Gwrandawodd Megan yn nerfus, ond nid atebodd neb. Gadawodd iddo ganu am ddau funud, dri, ond yna gosododd y derbynnydd yn ôl ar ei grud, ac eistedd yn ddiymadferth ar waelod y grisiau. Pwysodd ei phen yn ei dwylo, a gadawodd i ddagrau siom, rhwystredigaeth ac anobaith lifo'n dawel i lawr ei hwyneb. Beth nesa? Fedrai hi ddim meddwl.

Ond chafodd hi ddim cyfle i feddwl. Ymhen rhai eiliadau, dechreuodd y ffôn ar y seidbord atseinio drwy'r tŷ. Estynnodd Megan yn wyllt am y derbynnydd. Mam… doedd hi ddim am i Mam ddeffro…

'Helô?' Clywodd lais y pen draw. 'Helô… Anna?'

Doedd dim mymryn o amheuaeth. Adnabu'r llais yn syth. Llais dyn yn ei bedwardegau. Llais cyfarwydd, cysurlon. Llais ei thad.

'Dad?' sibrydodd mewn llais crynedig. Trodd ei stumog fel trobwll gwyllt, a churodd ei chalon fel trên ar ras.

'Meg? Meg?!' Roedd y syndod yn amlwg yn ei lais yntau hefyd.

'Meg, 'y nghariad i, ti sy 'na? Sori, cariad bach, golles i dy alwad di, o'n i'n dod â'r siopa i mewn o'r car… Ti ffoniodd bore 'ma hefyd, ife? 'Wedodd Menna… ' Stopiodd yn stond, a chymryd ei wynt ato. 'Shwt wyt ti, Meg?' meddai'n arafach, yn dawelach. 'Dwi 'di bod yn meddwl gyment amdanot ti, choeliet ti byth… '

Safodd Megan fel delw. Roedd hi'n fud. Wyddai hi ddim beth ar wyneb y ddaear i'w ddweud na'i wneud. Dyma hi, ar ôl misoedd o ddryswch a dyfalu ac anobaith, yn siarad â Dad! Roedd e'n fyw, yn *fyw*… Ond roedd cymaint i'w ddweud, cymaint i'w ofyn. Roedd ei thafod yn glymau i gyd.

'Ble wyt ti, Dad?' Prin y clywai ei sibrwd tawel ei hun.

'O Meg, gwranda, ma cymaint 'da fi i'w weud. 'Wedodd dy fam mod i 'di bod yn trio cysylltu? Yr holl amser 'ma, dwi 'di bod yn trio cael gafael arnot ti, ma'n rhaid i ti 'nghredu i, Meg. Dy ffôn symudol di... fues i'n ffonio a ffonio, ar ôl i fi adael Llanfair. Gest ti wared arno fe, do...?'

Do. Fe fynnodd Mam. Rhy ddrud i'w gadw, medde hi.

'Fues i'n e-bostio hefyd... '

Doedd dim cyswllt â'r we yn nhŷ Mam-gu. Cyfleus iawn...

'Dries i ddod i dy weld di, hyd yn oed, rhyw brynhawn dydd Gwener, cwpwl o wythnose 'nôl, ond gwrthododd dy fam... bygwth galw'r heddlu!'

Meddyliodd Megan yn galed. Y car coch yn sgrialu ar hyd y stryd, y prynhawn hwnnw wedi iddi ddod adre o'r ysgol! Mae'n rhaid ei fod wedi newid ei gar – wnaeth hi mo'i adnabod...

'Dolig, dy ben-blwydd di... anfones i gardie, anrhegion, i dŷ Mam-gu... Anfones i lythyron di-ri... Chest ti 'mohonyn nhw, naddo?'

Naddo. Chafodd hi ddim byd.

'Dries i ddweud wrth dy fam wthnos ddwetha pan ddaeth hi i gwrdd â fi, bod yn rhaid iddi adel i fi gysylltu â ti, nad oedd hawl gyda hi i'm rhwystro i...'

Beth? Mam wedi cwrdd ag e? Wythnos ddiwetha?!

'Meg, gwranda... ma lot o bethe wedi digwydd, does dim disgwyl i ti ddeall. Ond y cyfan sy'n bwysig yw dy fod ti'n iawn. Ti *yn* iawn, 'yn dwyt ti, cariad bach?'

'Ble wyt ti, Dad?' sibrydodd Megan eto. Roedd y dagrau'n hallt ar ei gwefusau erbyn hyn.

'Yng Nghaerdydd, Meg. Dwi'n byw yng Nghaerdydd

nawr. Gyda… gyda Menna. Hi atebodd y ffôn i ti bore
'ma. Ry'n ni'n… hapus iawn, Meg.' Roedd llais ei thad yn
betrusgar. Roedd e'n amlwg yn dewis ei eiriau'n ofalus.

Roedd meddwl Megan yn gwibio ar ras. Menna? Pwy
yn y byd…? Yna'n sydyn, cofiodd taw Menna oedd enw
ysgrifenyddes Dad yn y gwaith 'slawer dydd. Ond roedd hi
dipyn yn iau nag ef. Doedd bosib…

'Ti'n cofio Menna, yn dwyt ti, o'r gwaith?'

Wrth gwrs! Llais Menna atebodd y ffôn bore 'ma.
Gwyddai'n iawn ei fod yn gyfarwydd o rywle… .

'Doedd pethe ddim yn iawn rhwng dy fam a finne, ddim
ers sbel a bod yn onest. Wyt ti'n deall, Meg?'

Deall? Doedd hi'n deall dim byd. Pethe ddim yn iawn?
Ond roedden nhw mor hapus, y ddau ohonyn nhw, y *tri*
ohonyn nhw…

'Wi'n siŵr bod dy fam wedi esbonio'r cyfan wrthot ti,
do?'

Naddo. Dim gair.

'Y peth anodda i fi orfod 'neud erioed o'dd dy adel di,
Meg, wir i ti. Gobeithio dy fod ti'n deall hynny… ' Roedd
tynerwch yn llais ei thad, ond roedd ei eiriau'n gawdel blêr
ym meddwl Megan.

'Meg? Wyt ti 'na o hyd?'

'Ydw,' atebodd yn wan, ond wyddai hi ddim *ble* roedd hi,
mewn gwirionedd.

'Meg, ma rhywbeth pwysig ofnadw 'da fi i'w weud wrthot
ti. Dyna pam dwi 'di bod yn ffonio cymaint yn ddiweddar.
Mae'n bwysig dy fod ti'n cael gwbod. Ma'n rhaid i ti wrando'n
ofalus iawn nawr, cariad, ocê?'

'Ocê, Dad… ' Wyddai Megan ddim o ble ddaeth y geiriau.
Nid hi oedd yn rheoli'i llais erbyn hyn.

'Mewn rhyw bythefnos, bydd Menna a fi'n cael babi. Meg,

fe fyddi di'n cael brawd neu chwaer fach newydd… '

Trywanodd y geiriau galon Megan fel cyllell finiog. Beth? Brawd neu chwaer newydd? Ond doedd hynny ddim yn bosib. Unig blentyn oedd hi, fel 'na fuodd hi erioed…

'Meg?'

'Ie?'

'Wyt ti'n deall? Babi newydd, Meg. Ymhen pythefnos…'

Ac yna daeth niwl trwchus i orchuddio meddwl Megan, ac aeth geiriau ei thad yn bellenig ac aneglur. Clywodd ambell air – 'hapus iawn' a 'symud ymlaen' ac 'er lles pawb' – ond doedd hi ddim yn gwrando'n iawn. Teimlai fel pe bai ar fin llewygu.

'Dwi ddim yn disgwyl i ti ddeall popeth yn syth, Meg. Ma fe'n lot i'w dderbyn, dwi'n gwbod. Licen i taset ti'n meddwl am y peth, yn ystyried beth dwi newydd weud wrthot ti, ac yn ffonio 'nôl pan fyddi di'n barod i siarad, ocê, cariad?'

'Ocê.' Defnyddiodd Megan yr holl nerth oedd yn weddill ganddi i wthio'r un gair bach pitw o'i gwefusau.

'Dwi'n dy garu di, Meg… ' Atseiniai geiriau'i thad yn ei chlust, ond prin y gallai Megan ei glywed erbyn hyn. Gosododd y derbynnydd yn ôl yn ei grud, dringodd y grisiau'n araf ac ymlwybro i'w hystafell wely. Gorweddodd o dan y blancedi a chladdu'i phen o dan y gobennydd.

Pennod 24

Gorweddodd Megan ar ei gwely am amser hir yn meddwl am yr hyn ddywedodd Dad. Am ei berthynas ef a Menna, am ei fywyd newydd yng Nghaerdydd, a'r newyddion mwyaf syfrdanol i gyd – bod babi ar y ffordd! Brawd neu chwaer fach newydd... neu *hanner* brawd neu chwaer fach newydd, a bod yn fanwl gywir...

Roedd hi'n gymysgfa lwyr o emosiynau. Ar y naill law, teimlai ryddhad anferthol fod Dad yn iawn. Roedd e'n fyw ac yn iach, ac yn swnio'n union yr un fath ag erioed ar y ffôn gynne fach. Bron fel pe bai dim yn y byd wedi newid...

Ond ar y llaw arall, roedd *popeth* wedi newid. Roedd e'n mynd i fod yn dad i blentyn arall cyn bo hir. Nid hi fyddai cannwyll ei lygad mwyach. Byddai plentyn bach arall yn ei alw'n 'Dad', yn cael rhannu'r holl brofiadau arbennig a brofon nhw ill dau gyda'i gilydd. Ac yn waeth byth, nid Mam roedd e'n ei charu bellach, ond Menna. Roedd hynny'n brifo'n fwy na dim...

Ac yna, sylweddolodd yn boenus – rhaid bod Mam yn gwybod popeth. Yr holl fisoedd yna y buodd hi'n poeni, yn dyfalu, roedd Mam yn gwybod. Ac eto, fe gadwodd hi'r cyfan rhagddi. A Mam-gu hefyd. Wrth gwrs, dyna oedd y gyfrinach fawr rhyngddynt! Roedd y cyfan mor glir erbyn hyn – y nosweithiau di-ddweud wrth y bwrdd bwyd, yr edrychiadau slei, y tensiwn amlwg, yr holl gelwyddau gwag. Y tripiau dirgel yn y car. Mynd i gwrdd â Dad oedden nhw! A beth am y llythyron a'r anrhegion y taerai Dad iddo'u hanfon ati? Mae'n rhaid eu bod nhw wedi'u cuddio cyn iddi gael cyfle i'w gweld. Roedden nhw wedi'i thwyllo hi. Wedi'i *bradychu* hi.

Teimlai mor ddig. Mor rhwystredig. Mor drist. Fedrai hi ddim coelio'r peth. Roedden nhw mor hapus, Mam a Dad, on'd oedden nhw?

Yna, yn sydyn, daeth y cyfan yn boenus o glir iddi. Dyna ni – fyddai ddim diweddglo hapus mwyach. Fyddai Dad ddim yn dod yn ôl, fydden nhw ddim yn dychwelyd i Lanfair, fydden nhw ddim yn deulu bach perffaith, dedwydd unwaith eto. Ddim byth. Mewn un alwad ffôn, chwalwyd ei gobeithion yn ddarnau mân.

Sychodd ei dagrau a chodi o'r gwely. Tynnodd y llyfr nodiadau o'r drôr a chydio mewn beiro. Roedd ganddi stori fer i'w chwblhau. A gwyddai'n union sut roedd am iddi orffen.

Ydy, mae Seren Aur yn arbennig. Mae hi'n hyfryd, yn hawddgar ac yn hapus iawn ei byd. Mae ei theulu perffaith yn gadarnid o'i chwmpas, a'i ffrindiau a'i chynefin yn ffurfio'i byd.

Pe bawn i'n Seren Aur, yn byw ar fferm Tyddyn Garreg ynghanol y bryniau, mi fyddwn i'n fodlon iawn fy myd.

Achos nid fi fyddwn i.

Gwasgodd Megan yr atalnod llawn olaf yn gadarn ar y papur, a dal am rai eiliadau. Brwydrodd yn erbyn y dagrau oedd yn mynnu ailgronni yn ei llygaid. Roedd holl wewyr a phoen y misoedd diwethaf, ynghyd â sioc y prynhawn, yn llenwi pob llythyren yn y frawddeg olaf honno.

A dyna ni. Roedd hi wedi gorffen ei phortread. Roedd angen ychydig o waith tacluso arno eto ac yna byddai'n ei gopïo'n daclus a'i gyflwyno i Miss Owen cyn dydd Iau. Caeodd y llyfr nodiadau a'i roi'n ôl yn y drôr, cyn mynd i lawr y grisiau i'r gegin.

Roedd hi'n chwech o'r gloch erbyn hyn, a Mam-gu wedi dychwelyd o'r Gymanfa. Roedd Mam wedi ymddangos o'r diwedd hefyd, ac roedd golwg tipyn gwell arni ar ôl cysgu drwy'r prynhawn. Wrthi'n coginio swper roedd Mam-gu, a Mam yn eistedd wrth fwrdd y gegin, pan gerddodd Megan i'r ystafell. Roedd y ddwy'n siaradus iawn, a chafodd ei holi fel pwll y môr am hyn a'r llall. Ond doedd gan Megan ddim amynedd i siarad â nhw heno. Gwyddai taw actio oedden nhw – esgus fod popeth yn iawn, cuddio'r gwirionedd, taflu llwch i'w llygaid. Prin y gallai hi edrych arnyn nhw, heb sôn am ymateb i'w mân sgwrsio. Roedd hi mor grac gyda nhw! Roedden nhw wedi'i thwyllo hi, wedi celu'r gwir am Dad, am Menna, ac am y babi hefyd. Sut gallen nhw wneud hynny?

Ar ôl rhoi ambell ateb unsill, swta, aeth i'r ystafell fyw i gael llonydd. Welson nhw ôl y dagrau, tybed? Naddo, gobeithio. Doedd hi ddim am iddyn nhw wybod ei bod hi wedi siarad â Dad, ddim am y tro o leiaf. Roedd cymaint ganddi i feddwl amdano...

Aeth i'r gwely toc wedi swper. Roedd hi wedi ymlâdd, a datguddiadau mawr y dydd yn pwyso'n drwm arni. Gorweddodd rhwng cwsg ac effro am oriau, a geiriau Dad yn troelli'n ddi-baid drwy'i meddwl dryslyd.

Parhau i'w phoenydio wnaeth ei eiriau drannoeth. Roedd hi'n ddydd Llun eto. Drwy gydol gwersi'r bore yn Ysgol Gymraeg Maes Tawe, ac ynghanol holl ffws a ffwdan ymarferion yr eisteddfod drwy'r prynhawn, methai Megan yn lân â chanolbwyntio. Fedrai hi ddim peidio â meddwl am y sgwrs ar y ffôn y diwrnod cynt. A pho fwyaf y meddyliai am y peth, y mwyaf o gwestiynau a fynnai ei chorddi. Ers pryd roedd Dad a Menna'n cael perthynas? Pam? Beth am Mam? Beth amdani *hi*?

Gofynnodd Miss Owen fwy nag unwaith a oedd hi'n iawn, yn ei ffordd nawddoglyd arferol, gan fod *'golwg bellennig'* arni. Daeth Macsen Jones ati amser egwyl hefyd i holi a oedd rhywbeth yn bod, ond doedd ganddi ddim awydd siarad o gwbl.

Roedd ei meddwl ar fin ffrwydro drwy gydol y daith swnllyd adref. Gollyngodd ochenaid o ryddhad wrth gamu allan o'r bws ar ben stryd Mam-gu. Llonydd o'r diwedd. Ond nid llonydd oedd arni ei angen, mewn gwirionedd, ond cyfle i gnoi cil â rhywun, cyn i'r gwewyr yn ei bol ei bwyta'n fyw. Gwyddai'n union â phwy y dylai siarad. Cerddodd heibio i dŷ Mam-gu, a mynd yn syth at ddrws ffrynt Arthur Morris.

Roedd yr hen ŵr mor groesawgar ag erioed. Gwahoddodd hi i mewn i'r tŷ, a chynnig te iddi. Gallai weld yn syth fod rhywbeth yn ei phoeni.

'Be sy, Megan fach?' holodd yn garedig. A thros baned a thoc o fara menyn cartref a jam eirin, rhannodd Megan ei phoenau â'i ffrind. Pan soniodd am ei sgwrs â'i thad a'r newyddion am y babi, agorodd ei lygaid fel dwy soser anferth.

'Wel y jiw jiw…!' meddai'n llawn syndod. 'Gwranda, Megan,' aeth yn ei flaen. 'Wi ddim yn mynd i 'weud celwydd wrthot ti. Duw a ŵyr, ma hen ddigon o hynny wedi digwydd yn barod. Drycha, mi o'dd syniad 'da fi am dy dad a'r fenyw Menna 'ma – fe soniodd dy fam-gu sbel yn ôl, yn syth wedi i chi symud 'ma o Lanfair. Ond do'n i'n gwbod dim am y babi, wir i ti… '

Beth? Arthur Morris yn rhan o'r cynllwyn hefyd? Ei hunig ffrind go iawn yn Abertawe! Fedrai Megan ddim coelio'i chlustiau!

'Ond nid fy lle i o'dd gweud wrthot ti, ti'n deall hynny gobitho? 'Wedes i droeon wrth dy fam-gu, a dy fam hefyd, bod yn rhaid iddyn nhw fod yn strêt 'da ti, dy fod ti'n ferch ddeallus, dy fod di'n haeddu cael gwbod y gwir. A phan ddaethon ni yn ffrinds mowr, ti a fi… wel, o'n i'n torri nghalon 'mod i'n gorfod cadw shwt beth oddi wrthot ti, a finne'n gallu gweld gyment oeddet ti'n diodde. Ond wir i ti, Megan, allen i 'weud dim, *allen* i ddim… '

Roedd golwg cwbl ddidwyll yn llygaid caredig Arthur Morris, a gwyddai Megan na fedrai ddal dig yn ei erbyn. Doedd e ddim ar fai am unrhyw beth, ac fe fuodd e mor ffeind wrthi dros yr wythnosau diwethaf. Gwenodd yn wan arno.

'Paid â bod yn rhy grac 'da dy fam na dy fam-gu chwaith, Megan fach,' aeth Arthur Morris yn ei flaen. 'Wi'n gwbod dy fod di wedi cael siom ofnadw, ond trio dy amddiffyn di o'n nhw wrth gadw'r gwir oddi wrthot ti. Ti'n werth y byd iddyn nhw, ac er dy fod di'n aeddfed ac yn gall iawn am dy oed, croten fach wyt ti iddyn nhw o hyd. Do'n nhw ddim am i ti orfod delio â'r fath sefyllfa gymhleth, t'wel.'

Ochneidiodd Megan. Erbyn hyn, wyddai hi ddim beth i'w feddwl.

'Cofia di bod dy fam wedi cael dolur mowr hefyd. Ma hi wedi colli dy dad, a'r peth ola yn y byd o'dd hi moyn o'dd dy golli di ar ben 'ny.'

Gwyddai Megan fod yr hen ŵr yn dweud y gwir. Fedrai hi ddim casáu ei mam am yr hyn a wnaeth hi, os taw ei hamddiffyn hi rhag poen oedd ei bwriad. Roedd hi'n dioddef yn fwy na neb am yr hyn wnaeth Dad – wedi'r cyfan, roedd hi'n ddim ond cysgod gwan o'r hyn yr arferai hi fod. Felly ai Dad ddylai hi ei gasáu – am wneud yr hyn wnaeth e, am ddifetha'r cwbwl? Ond roedd 'casáu' yn air mor gryf...

Fel pe bai wedi darllen ei meddwl, cydiodd Arthur Morris yn dyner yn llaw Megan.

'Does dim llawer o bwynt dal dig yn erbyn dy dad chwaith,

'y mach i, os wyt ti'n gofyn i fi. Dy fwyta di'n fyw wneith casineb fel'na. Ma'r hyn ddigwyddodd wedi digwydd, ac allith neb wneud dim am y peth. Fel 'na ma bywyd, yn anffodus. Pan golles i Gwen i'r hen afiechyd creulon 'na, o'n i'n grac, o'n i mor grac, ac o'dd y chwerwder yn 'y nghorddi i am sbel hir. Ond nath e ddim lles i fi. Unweth y llwyddes i i adael fynd, derbyn beth o'dd wedi digwydd, o'dd hi'n haws i fi symud mlân, ac o'n i'n hapusach o achos 'ny. O'n i'n dala'n drist, wrth gwrs, ond do'n i ddim hanner mor grac.'

Gwrandawai Megan yn astud.

'Ma dy dad yn hapus nawr gyda rhywun arall, ody, ond ma fe'n dala i feddwl y byd ohonot ti, mi fetia i. Ac er bod babi arall ar y ffordd, ti fydd ei ferch fach e am byth.'

Llenwodd llygaid Megan.

'Ma pethe'n newid yn yr hen fyd 'ma, ma'n rhaid derbyn hynny. A weithie gall y newid hynny fod er gwell, yn y pen draw. Amser sydd angen, t'wel.'

Tarodd yr hen gloc mawr yn y cyntedd bump o'r gloch.

'Dere,' meddai Arthur Morris. 'Well i fi fynd â ti adre. Byddan nhw'n poeni'n ofnadw amdanot ti erbyn hyn, wi'n siŵr.'

Wrth i Megan wisgo'i chot, ceisiodd Arthur Morris feddwl am rywbeth fyddai'n codi'i chalon.

'Ges i alwad ffôn oddi wrth Kate, rheolwraig yr ysbyty adar bore 'ma, gyda llaw,' meddai. 'Ma'r fronfraith fach yn dod yn 'i blân yn champion, a'i llygad hi'n gwella'n dda.'

'Grêt,' atebodd Megan yn dawel. Roedd hi wedi anghofio'r cyfan am y fronfraith druan.

Safai Mam yn y cyntedd yn syllu ar y drws pan gamodd Megan ac Arthur Morris i'r tŷ. Roedd golwg bryderus yn ei llygaid ac ôl dagrau ar ei hwyneb.

'O Meg, lle ti 'di bod?' Dechreuodd grio eto pan welodd

Megan. Rhedodd ati, a'i gwasgu'n dynn. Daeth Mam-gu o'r gegin.

'Lle yn y byd fuest ti mor hir, Megan fach?' holodd hithau. 'Ma'r ysgol wedi cau ers orie. Pan ffonion ni, 'wedon nhw dy fod di wedi gadael i ddod adre ar y bws. Ar fin cysylltu â'r heddlu o'n i nawr. Ma dy fam wedi bod yn poeni'i henaid…'

'Gyda fi o'dd hi, Martha.' Torrodd Arthur Morris ar ei thraws. Gwenodd yn garedig ar Mam-gu. 'Eisie sgwrs fach o'dd Megan – lot o bethe'n pwyso arni'n ddiweddar, ch'wel.' Winciodd yn ffeind arni, cyn ychwanegu, 'Wi'n credu y bydde'n beth da i chi'ch tair siarad nawr, a gweud y gwir.'

Deallodd Mam-gu i'r dim.

'Cer di lan stâr am funud fach, Meg,' meddai wrth Megan, 'er mwyn i dy fam a fi gael gair bach 'da Arthur.'

Edrychodd Megan ar Arthur. Rhoddodd yntau wên galonogol iddi, a oedd yn ddigon i'w darbwyllo y byddai popeth yn iawn.

Dringodd y grisiau i'w hystafell wely. Clywodd Mam a Mam-gu ac Arthur yn symud i'r gegin, a'r drws yn cau ar eu holau. Gorweddodd ar ei gwely'n clustfeinio ar y mwmian aneglur a ddeuai o'r ystafell oddi tani. Fedrai hi ddim clywed beth yn union gâi ei ddweud, ond roedd ganddi syniad go dda.

Ymhen ychydig, tawelodd y lleisiau, a chlywodd y drws ffrynt yn agor ac yna'n cau'n glep. Rhaid bod Arthur Morris wedi gadael. Gorweddodd Megan yn llonydd gan wrando ar y tawelwch gwag, cyn clywed drws ei llofft yn agor. Daeth Mam i mewn ac eistedd ar erchwyn y gwely. Roedd y tawelwch rhyngddynt bron yn fyddarol. O'r diwedd, daeth Megan o hyd i'w llais o rywle.

'Dwi'n gwbod,' meddai'n dawel. 'Am Dad, am Menna,

am y babi. Siarades i gyda Dad ddoe. 'Wedodd e'r cyfan.'

Edrychodd i fyw llygaid dagreuol ei mam.

'O Meg... ' dechreuodd Mam. 'Dwi mor sori... '

Cymerodd anadl ddofn, cyn mynd yn ei blaen.

'Ma Arthur newydd ddweud wrtha i gyment o siom wyt ti 'di gael, gyment o ddolur. Ond allen i ddim gweud wrthot ti, ddim ar ôl i fi golli dy dad... allen i ddim diodde meddwl am dy golli di hefyd.'

'Dwi'n gwbod... a dwi'n deall,' atebodd Megan. 'Dwi ddim yn grac 'da ti, ddim nawr, ta beth. Ond dwi jyst ddim yn deall beth aeth o'i le. Pam aeth Dad? O'dd popeth i weld mor berffaith, o'n ni mor hapus...'

'Dim ond dy dad allith ateb hynna, Meg fach,' meddai Mam drwy'i dagrau. 'Ond do'n ni ddim yn hapus, ddim mewn gwirionedd. Doedd pethe ddim yn iawn rhwng Dad a fi ers sbel, jyst 'mod i'n gwrthod cyfadde hynny. 'Nes i drio anwybyddu'r peth, esgus fod popeth yn iawn, er dy fwyn di yn fwy na dim. Bues i'n twyllo'n hunan, a phawb arall, am amser hir... Er, do'dd dy dad ddim yn hapus, a do'n i ddim chwaith, taswn i'n onest.'

'Ond dwyt ti ddim yn hapus nawr, chwaith,' sibrydodd Megan, gan ddal yn llaw grynedig ei Mam.

'Nagw,' atebodd hithau'n dawel.

Daliodd Megan ynddi, a'i chofleidio am amser hir.

Yna, yn y man, trodd Mam ati gan sibrwd, 'Ti yw'r peth pwysica yn 'y mywyd i, Meg. Fydd hynny byth yn newid. Dy warchod di o'n i'n trio'i 'neud – trwy adael Llanfair, trwy ddod â ti fan hyn, trwy rhwystro Dad rhag cysylltu 'da ti... Dwi'n gweld nawr falle na wnes i ddelio'n iawn 'da phethe. O'dd rhan ohona i'n gobeithio'n dawel fach y bydde pethe'n dod 'nôl fel roedden nhw, taswn i ond yn anwybyddu'r sefyllfa'n ddigon hir...'

'Ond fydd pethe fyth fel roedden nhw, fyddan nhw?' torrodd Megan ar ei thraws.

'Na.' Roedd Mam yn cyfaddef y gwir wrthi'i hun yn fwy na neb.

Daeth cnoc ar ddrws yr ystafell wely ac ymddangosodd Mam-gu yn cario hambwrdd ac arno lond bowlen o gawl a gwydraid o laeth.

'Swper i ti, bach,' meddai, cyn rhoi cwtsh i'w hwyres. Ac am y tro cyntaf ers iddi symud i Abertawe, teimlodd Megan yn agos ati eto.

Cafodd lonydd i fwyta'i swper, ac fe'i llowciodd yn awchus. Rhaid ei bod wedi cysgu am sbel wedyn, achos y peth nesaf a glywodd oedd cnoc ar ddrws ei hystafell unwaith eto. Daeth Mam i mewn yn cario hen focs esgidiau a dau fag plastig.

'Ti sy bia'r rhain,' meddai'n dawel, gan eu gosod ar wely Megan. 'Ddylet ti fod wedi'u cael nhw ers sbel. Sori.'

Yna gadawodd yr ystafell, gan adael Megan yn syllu mewn penbleth ar y pentwr o'i blaen. Agorodd y bocs esgidiau'n araf, a datgelu degau o amlenni o bob lliw a llun. Edrychodd trwyddynt yn frysiog. Ei henw hi oedd ar bob un, yn llawysgrifen traed brain ei thad! Mae'n rhaid taw dyma'r llythyron y soniodd Dad amdanynt – y rhai roedd wedi'u hanfon ati wedi iddo adael. Felly roedd e'n dweud y gwir! Roedd Mam wedi'u cadw nhw i gyd, wedi'u cuddio nhw'n ofalus…

Dechreuodd rwygo rhai o'r amlenni ar agor yn wyllt. Yr un oedd cynnwys pob un o'r llythyrau, fwy neu lai. *Mae'n flin 'da fi*; *Rhaid i fi esbonio'n iawn wrthot ti*; *Gobeithio y gelli di faddau i fi*; *Dwi'n gweld dy eisiau di*. Roedd sôn ym mhob llythyr am Menna, am ei swydd a'i gartref newydd yng Nghaerdydd ac, yn y llythyron mwyaf diweddar, am y babi newydd. Felly roedd *wedi* gwneud ei orau glas i roi gwybod iddi, doedd e ddim wedi anghofio amdani, roedd e'n dal i feddwl y byd ohoni! Ac i gloi pob llythyr, yr un geiriau'n union,

Caru ti am byth,
Dad xx

Estynnodd Megan am un o'r bagiau plastig. Ynddo roedd parsel wedi'i lapio'n dwt mewn papur pen-blwydd a'i addurno â rhuban, ac ar y label a ludwyd wrtho roedd y geiriau:

Rhywbeth bach i dy atgoffa di o'r tripiau i Anfield 'slawer dydd. Fe ewn ni eto, gobeithio...
Cariad mwyaf,
Dad xx

Rhwygodd Megan y papur lapio'n frysiog, ac ynddo roedd tedi mawr coch, blewog, wedi'i wisgo yng ngwisg tîm pêl-droed Lerpwl o'i gorun i'w draed. Gwenodd wrth ei gwtsio'n dynn. Agorodd yr ail fag, a thynnu parsel wedi'i lapio mewn papur Nadolig allan ohono. Darllenodd y label –

Tybed faint o adar newydd weli di? Meddwl amdanat bob dydd.
Nadolig Llawen, cariad bach.
Dad xx

O rwygo'r papur lapio, gwelodd Megan focs cardfwrdd, ac ynddo bâr o sbienddrych newydd sbon. Byseddodd nhw'n llawn cyffro – roedden nhw'n wych! Oedd, roedd Dad yn ei hadnabod hi i'r dim. Fedrai hi ddim coelio ei fod wedi anfon yr anrhegion a'r holl lythyrau yma ati, a hithau'n gwybod dim amdanynt.

Daeth Mam yn ôl i'r ystafell.

'Diolch,' meddai Megan, wrth gydio yn yr anrhegion a'r llythyron. 'Diolch am roi'r rhain i fi. Dwi'n gwbod ei bod hi'n anodd i ti… '

'Mae'n iawn, Meg,' torrodd Mam ar ei thraws. 'Fe ddylet ti fod wedi'u cael nhw ers sbel, dwi'n gweld hynny nawr. Ma'n flin 'da fi… '

Gosododd yr anrhegion a'r llythyrau ar y llawr wrth ochr y gwely. 'Nawr 'te, mae'n amser cysgu.'

Cymerodd law Megan yn ei llaw hithau. 'Dwi wedi bod yn meddwl yn hir heno, Meg. Os wyt ti'n penderfynu dy fod di am gysylltu 'nôl â Dad, wel… dwi'n deall, ocê?'

Cusanodd dalcen ei merch yn ysgafn. 'Caru ti,' meddai'n dawel, cyn diffodd y golau a gadael yr ystafell.

Estynnodd Megan am y tedi – anrheg pen-blwydd hwyr ei thad – oddi ar y llawr. Syrthiodd i gysgu'n syth, â'i breichiau'n dynn, dynn amdano.

Pennod 25

Pan gyrhaeddodd Megan adre o'r ysgol y diwrnod canlynol, gwyddai'n union beth oedd yn rhaid iddi ei wneud. Bu'n meddwl am y peth drwy'r dydd yn yr ysgol. Roedd hi am ffonio'i thad.

Doedd ganddi ddim syniad beth fyddai hi'n ei ddweud wrtho, ond roedd cymaint o gwestiynau'n chwyrlïo drwy ei phen. Roedd yn rhaid iddi gael atebion iddyn nhw. Ac, yn fwy na dim, roedd arni eisiau clywed ei lais unwaith eto.

Roedd Mam yn y gegin pan ddaeth Megan i'r tŷ. Roedd hi'n coginio cacen foron ac roedd golwg hapus – *hapusach* – ar ei hwyneb. Doedd Megan ddim yn cofio pryd oedd y tro diwethaf iddi'i gweld mor sionc â hyn.

''Co ti, Meg,' meddai wrth roi'r tamaid olaf o eisin melys ar y gacen. 'I ti ma hon, i ddweud… i ddweud cymaint wi'n dy garu di.'

Roedd blas ac arogl hyfryd y gacen yn atgoffa Megan, am ennyd, o gegin y bwthyn yn Llanfair. Mam yn coginio'i chreadigaethau arbennig, a Dad a hithau'n aros yn eiddgar, yn brwydro am y gorau i gael llyfu'r llwy a'r fowlen…

Gwenodd wrth gofio. Ond gwyddai, nawr, fod y dyddiau hynny ar ben. Am byth.

Soniodd wrth Mam am ei bwriad i ffonio Dad y noson honno, ac er i Megan synhwyro golwg drist yn ei llygaid, cafodd wên wan ganddi.

'Iawn, bach, os wyt ti'n moyn,' atebodd hithau'n dawel, cyn troi'i chefn a mynd ati i olchi'r offer coginio yn y sinc. Fedrai Megan ddim gweld a oedd hi'n crio ai peidio, ond roedd syniad go dda ganddi.

Arhosodd Megan tan chwech o'r gloch cyn codi'r ffôn a deialu'r rhif. Doedd hi ddim yn crynu'r tro hwn. Doedd hi ddim yn teimlo'n nerfus chwaith. Edrychai ymlaen at gael siarad â Dad.

'Helô?'

'Haia, Dad… Meg sy 'ma… '

'Meg! Shwt wyt ti, cariad? Diolch am ffonio 'nôl… '

'Diolch am y llythyron, a'r anrhegion. Ma nhw'n grêt,' torrodd Megan ar ei draws.

'Gest ti nhw? O, dwi mor falch! O'n i'n meddwl pob gair, cofia.'

Tawelwch. Wyddai Megan ddim beth i'w ddweud nesaf. Er bod *cymaint* i'w ddweud…

'Shwt *ma* pethe 'te, Meg?' Dechreuodd Dad holi fel pwll y môr. 'Shwt ma Abertawe? Shwt ma'r ysgol newydd?'

'Iawn,' atebodd Megan. Ac am y tro cyntaf, sylweddolodd fod popeth, mewn ffordd, *yn* iawn yma yn Abertawe. Neu'n *well*, o leia.

'Pryd ma'r babi'n dod?' holodd Megan.

'Wythnos i ddydd Gwener, i fod,' atebodd Dad.

Wythnos a hanner! Byddai ganddi frawd neu chwaer fach ymhen wythnos a hanner!

'Falle gallet ti ddod i lawr i aros 'da ni, Meg, unweth ma'r babi wedi cyrredd. Os bydd dy fam yn fodlon, wrth gwrs. Licet ti hynna?'

Petrusodd Megan am eiliad, cyn ateb yn dawel, 'Grêt. Diolch.'

Cyn tynnu'r sgwrs tua'i therfyn, holodd Dad, 'Ti'n cael cyfle i wylio Lerpwl dyddie 'ma?'

'Ydw… ambell waith,' atebodd Megan yn gelwyddog. Doedd hi ddim am ddweud ei bod wedi gwrthod gwylio'i hoff dîm byth ers i Dad adael yr holl fisoedd yn ôl.

'A beth am wylio adar?'

'Ydw,' atebodd Megan yn syth. Roedd hi ar fin dechrau sôn am yr adar a drigai yng ngardd Arthur Morris, ac am y fronfraith fach a'r ysbyty adar. Ond penderfynodd gadw'r stori honno hyd nes y byddai'n gweld Dad. Cyn bo hir, gobeithio.

'Diolch am ffonio, Meg,' meddai Dad wrth ffarwelio. 'Ma'n golygu lot i fi. Wela i di'n glou, iawn?'

'Iawn,' atebodd Megan. 'Hwyl fawr.'

Dringodd y grisiau i'w hystafell wely, gan deimlo holl bwysau'r byd yn araf godi oddi ar ei hysgwyddau.

Gorweddodd ar y gwely am sbel gan feddwl yn hir am ddigwyddiadau'r dyddiau diwethaf. Roedd popeth wedi newid cymaint! Fe wyddai erbyn hyn ble roedd Dad, ar ôl yr holl fisoedd o boeni a dyfalu. A chyn hir, byddai ganddi frawd neu chwaer fach! Am y tro cyntaf, teimlodd yn gyffrous wrth feddwl am y peth. Fyddai hi ddim yn unig blentyn mwyach, ddim yn blentyn unig...

Meddyliodd am ei hen ffrind drws nesaf, am ei gartref a'i ardd hynod, a'i gyfoeth o hanesion diddorol. Arthur Morris – halen y ddaear. Cofiodd am eu trip i'r Gŵyr y diwrnod o'r blaen, am brydferthwch a llonyddwch arbennig y lle, ac am y rhyddid a deimlodd y diwrnod hwnnw. Oedd y syniad o fyw yn Abertawe yn dechrau apelio, tybed? Oedd hi'n dechrau *mwynhau*, hyd yn oed? Doedd bosib... Ond beth am Lanfair? A Leri? Oedd, roedd hi'n gweld eisiau'i hen fywyd o hyd, a fyddai hynny byth yn newid. Ond roedd geiriau doeth Arthur Morris y diwrnod o'r blaen wedi glynu fel glud yn ei meddwl,

'Ma pethe'n newid yn yr hen fyd 'ma, ma'n rhaid derbyn hynny. Ac weithie, gall y newid hynny fod er gwell, yn y pen draw...'

Meddyliodd am Ysgol Gymraeg Maes Tawe. Oedd, roedd

hi wedi teimlo'n unig yno, yn ynysig, yn *neb*, o'r cychwyn. Fel pysgodyn allan o ddŵr. Roedd hi wedi dyheu'n ofer sawl gwaith am gael bod yn rhan o griw Siwan Fflur, ac am blesio Miss Owen. Ond, o dipyn i beth, roedd pethau wedi newid rhyw fymryn ers cychwyn ymarferion eisteddfod yr ysgol. Roedd hi'n eitha mwynhau mynd i'r ysgol erbyn hyn, yn mwynhau cael bod yn rhan o'r bwrlwm a'r cynnwrf, ac roedd y plant eraill wedi dechrau cymryd sylw ohoni, o'r diwedd...

Neidiodd ar ei thraed yn sydyn. Eisteddfod yr ysgol! Y stori! Bu bron iddi ag anghofio'n llwyr amdani! Edrychodd ar y calendr uwchben y ddesg. Roedd y dyddiad cau ddydd Iau. Roedd hi'n ddydd Mercher fory! Er ei bod wedi gorffen ysgrifennu'r drafft cyntaf, roedd angen copïo'r gwaith yn daclus i'w gyflwyno i'r gystadleuaeth. Doedd dim munud i'w golli!

Eisteddodd wrth y ddesg ac estyn am dudalen lân o bapur. Cyn dechrau copïo, darllenodd drwy'r stori er mwyn sicrhau ei bod yn dal i'w phlesio. Oedd angen newid unrhyw beth, tybed? Cyrhaeddodd ddiwedd y portread, y paragraff olaf un. Doedd rhywbeth ddim cweit yn iawn am y diweddglo. Doedd e ddim yn taro deuddeg, rhywsut. Gwyddai fod yn rhaid iddi ei newid. Cydiodd mewn beiro a dechrau ailysgrifennu.

Pe bawn i'n Seren Aur, yn byw ei bywyd perffaith ar fferm Tyddyn Garreg ynghanol y bryniau, mi fyddwn i'n fodlon iawn fy myd.

Byddwn, mae'n siŵr.

Ond nid <u>fi</u> fyddwn i.

Darllenodd y brawddegau olaf yn uchel. Oedden, roedden nhw'n swnio'n well, ac roedd hi'n hapusach o lawer â'r diweddglo newydd. Gwnâi fwy o synnwyr erbyn hyn. Doedd dim ots ganddi bellach am ennill. Roedd hi'n hapusach â'r gwaith. Yn hapusach ei byd, hefyd, wrth gwrs.

Wrth gyflwyno'r gwaith gorffenedig i Miss Owen adeg cofrestru y bore canlynol, teimlodd Megan wefr gynhyrfus yn saethu drwyddi. Roedd hi wedi llwyddo i gwblhau'i stori mewn pryd, a hyd yn oed pe na bai'n ennill y gystadleuaeth, gobeithiai y gallai brofi i Miss Owen ei bod hi *yn* gallu ysgrifennu, wedi'r cyfan...

'O... Megan James,' meddai Miss Owen dros ei sbectol hanner lleuad. 'Diolch yn fawr. Da iawn am roi cynnig arni.'

Ni adawodd Megan i sylw nawddoglyd yr athrawes fynd o dan ei chroen y tro hwn. Doedd dim ots ganddi bellach.

'A beth am ffugenw?' holodd yr athrawes yn swta wrth i Megan gerdded yn ôl i'w sedd. 'Does dim ffugenw ar y gwaith. Nac enw'r tŷ, chwaith. Dewch nawr, Megan fach.'

Ffugenw? Ceisiodd Megan feddwl yn gyflym. Beth yn y byd allai hi ei ddefnyddio? Yna cofiodd yn sydyn am y fronfraith fach druenus a achubwyd ganddi hi ac Arthur Morris y dydd Sadwrn cynt. Y creadur bach ansicr, clwyfedig, dryslyd oedd wedi colli'i ffordd yn llwyr. Cydiodd mewn beiro, ac ysgrifennu mewn llythrennau breision ar frig y dudalen:

FFUGENW: Aderyn Brau
TŶ: Llwchwr

Roedd Mam wrthi'n paratoi te pan gyrhaeddodd Megan adre o'r ysgol y prynhawn hwnnw. Roedd hi mewn hwyliau da, ac roedd golwg gwell o lawer arni. Gwelodd Megan fflach o'r hen gymeriad hapus, brwdfrydig yn ei llygaid unwaith yn rhagor.

'Fues i'n gweld y meddyg heddi, Meg,' cyhoeddodd wrth i'r tair eistedd wrth y bwrdd te. 'Ma fe'n mynd i'n helpu i, i wella... Mae'n mynd i gymryd amser, ond bydd pethe'n wahanol o hyn ymlaen, wi'n addo.'

Gwenodd Megan arni. Ac am y tro cyntaf ers amser hir, hir roedd hi'n coelio pob gair a ddywedai ei mam.

Aeth Megan draw at Arthur Morris yn syth ar ôl te. Doedd hi heb ei weld ers dyddiau bellach, ac roedd hi am ddiolch iddo am wrando arni'r noson o'r blaen, am gynnig cyngor, ac am siarad â Mam a Mam-gu fel y gwnaeth e.

'Megan, shwt wyt ti, bach?' holodd yr hen ŵr yn llawn cyffro wrth agor y drws ffrynt. 'Ma 'da fi newyddion da... newyddion gwych... newydd ffonio ma Kate, o'r ysbyty adar. Ma'r fronfraith fach yn gwella siort ore. Ma Kate yn bwriadu dod â hi draw 'ma fore dydd Sadwrn, i'w gollwng hi'n rhydd yn ei chynefin naturiol.'

Treuliodd Megan y noson honno a'r noson ganlynol yn sied Arthur Morris, yn gwrando unwaith eto ar hanesion diddorol ei lencyndod adeg y Rhyfel ac am ei ddyddiau fel glöwr, yn yfed ei lemonêd cartref bendigedig, ac yn curo'r hen ŵr yn rhacs mewn rowndiau di-ri o Scrabble. Cyrhaeddodd nos Wener unwaith eto, ac estynnodd Megan wahoddiad i Arthur ddod â'i set Scrabble draw i dŷ Mam-gu, er mwyn cael newid bach. A dyna lle buodd y pedwar ohonynt, am y tro cyntaf – Megan a Mam a Mam-gu ac Arthur Morris – yn chwarae Scrabble, yn sgwrsio, yn chwerthin hyd berfeddion nos. Fedrai Megan ddim cofio'r tro diwethaf iddi weld Mam mor hapus â hyn.

Fore trannoeth, aeth y tair ohonynt draw drws nesa. Doedd Mam erioed wedi gweld gardd yr hen ŵr, er iddi fod yn gymydog iddo ers pedwar mis a mwy, a phrofodd hithau'r un wefr a rhyfeddod â Megan wrth syllu'n gegagored ar y baradwys unigryw o'i blaen.

Cyrhaeddodd Kate, a chodi'r fronfraith fechan yn ofalus o'i bocs. Roedd golwg dipyn iachach arni, a'i llygad wedi gwella'n llwyr erbyn hyn. Gyda'r gofal mwyaf, cariodd Kate hi'n araf i ben pella'r ardd, tra gwyliai'r pedwar arall yn dawel o bell. Ymhen ychydig, ac ar yr ymgais gyntaf, hedfanodd y fronfraith yn uchel i ganghennau'r goeden 'falau. Edrychai'n gwbl gartrefol ynghanol y brigau. Syllodd Megan yn hir arni'n gorffwyso yno. Roedd hi yn ei chynefin. Roedd hi'n gwybod i ble roedd hi'n perthyn. Roedd hi'n rhydd.

Pennod 26

Cyrhaeddodd yr wythnos fawr − wythnos Eisteddfod Ysgol Gymraeg Maes Tawe, a'r wythnos olaf cyn y gwyliau hanner tymor. Cynhaliwyd ymarferion hyn a'r llall drwy'r dydd Llun yn yr ysgol, a rhagbrofion y cystadlaethau unigol ddydd Mawrth a dydd Mercher. Wrth gwrs, cafodd Siwan Fflur lwyfan ym mhob cystadleuaeth, ac roedd hi wrth ei bodd yn cyhoeddi hynny wrth y byd a'r betws. Yn dawel fach, teimlai Megan yn ddig wrthi'i hun am beidio â chystadlu yn y cystadlaethau unigol. Tybed a fyddai hi wedi gwneud cystal, os nad gwell, na Siwan Fflur? Ond, am y tro, roedd hi'n ddigon hapus i gael bod yn rhan o'r côr a'r gwahanol bartïon. Yn rhan o'r ysgol.

Ar fin gadael am yr ysgol, am ddiwrnod arall o baratoi ac ymarfer, roedd Megan fore Mercher, pan ganodd y ffôn. Roedd Mam-gu yn y gegin yn clirio'r llestri brecwast, a Mam allan yn yr ardd yn 'mwynhau tamed o awyr iach' − defod foreol newydd ganddi bellach, gan ei bod wedi dechrau codi mewn pryd i weld Megan yn gadael am yr ysgol. Atebodd Megan y ffôn, a chlywed cyfarchiad llawn cyffro ei thad.

'Meg... Meg... ma newyddion da 'da fi... newyddion grêt... cafodd Menna ferch fach yn gynnar, gynnar y bore 'ma!' Prin y gallai siarad, cymaint roedd wedi cynhyrfu.

'Ma chwaer fach newydd 'da ti, Meg! Tamed bach yn gynnar, ond ma hi'n holliach. Ma'r ddwy yn grêt.'

Roedd Megan yn fud. Chwaer fach newydd! Ei chwaer fach *hi*!

'Oes enw 'da hi eto?' Daeth y geiriau o rhywle.

'Mari,' atebodd Dad yn llawn balchder, 'Mari Elin.'

Cafodd Megan wybod union bwysau ac amser geni ei chwaer fach, cyn i Dad ychwanegu, 'Fe ddoi di i'w gweld hi, yn gwnei, Meg? Wythnos nesa? Yn ystod y gwyliau?'

'Wrth gwrs,' atebodd Megan yn bendant.

'Ac fe anfona i lun ohoni atat ti heddi.'

'Diolch,' atebodd Megan yn dawel. Prin y gallai hi goelio'r peth! Teimlodd ysfa anhygoel, anesboniadwy, i weld ei chwaer fach newydd. Ac roedd hi'n ffyddiog na fyddai problem y tro hwn. Byddai Mam yn siŵr o drosglwyddo post ei thad iddi'n syth.

Bu Megan ar ben ei digon drwy'r dydd, yn dilyn ei sgwrs ffôn gyda Dad. Teimlai fel pe bai ar fin ffrwydro o hapusrwydd, cymaint roedd hi wedi ei chyffroi gan y newyddion am Mari Elin. Byddai wrth ei bodd yn cyhoeddi'r newyddion yn uchel dros iard Ysgol Gymraeg Maes Tawe, a bloeddio'i llawenydd wrth y byd a'r betws! Ond wnaeth hi ddim, dim ond gwenu'n dawel fach iddi'i hun wrth feddwl am gael mynd i aros gyda Dad, a chael gweld ei chwaer fach newydd.

Mae'n rhaid bod ei chyffro a'i hwyliau da yn gwbl amlwg i bawb. Macsen Jones oedd y cyntaf o blant dosbarth 6B i ddod ati ar yr iard ben bore a holi pam ei bod hi'n edrych mor hapus. Ymhen eiliadau, roedd gweddill plant y dosbarth yn ei hamgylchynu hefyd, ac yn gwrando'n llawn diddordeb ar ei newyddion mawr. Pan glywodd Miss Owen y newyddion adeg cofrestru, cafodd Megan wahoddiad i ddod i flaen y dosbarth i adrodd yr hanes. Ar y dechrau, teimlai'n rhyfedd ac yn swil yn sefyll o'u blaenau nhw i gyd. Ond eto, roedd hi'n deimlad braf cael bod yn ganolbwynt y sylw am unwaith, a phawb yn dangos diddordeb ynddi hi. Teimlai'n dda, yn arbennig... yn *bwysig*.

Ddywedodd Mam fawr ddim pan glywodd y newyddion y noson honno. Llwyddodd i wenu'n wan ar Megan, ond roedd golwg bell yn ei llygaid. Ond cytunodd i adael i Megan fynd i aros at ei thad ddechrau'r wythnos ganlynol, yn syth ar ôl iddi ddychwelyd o'i gwyliau gyda Leri yn Llanfair. Yna, aeth allan i'r ardd i eistedd ar ei phen ei hun am amser hir, hir.

Aeth Megan drws nesaf i rannu'r newyddion am Mari Elin gydag Arthur Morris, ac roedd yntau'n llawn o'i frwdfrydedd heintus arferol.

'Gwych!' meddai. 'Gobeithio bydd yr un fach hanner mor hyfryd â'i chwâr fowr!'

Cyn mynd i'r gwely y noson honno, syllodd Megan ar y lleuad lawn yn taflu'i golau dros y ddinas. Gwenodd ar hen ŵr y lleuad, gan wybod ei fod yntau nawr hefyd yn gwylio dros Mari Elin, ei chwaer fach newydd.

Cadwodd Dad at ei air. Gyda'r post fore Gwener cyrhaeddodd dau lythyr wedi'u cyfeirio at Megan. Llawysgrifen Dad oedd ar y gyntaf o'r ddwy amlen. Rhwygodd Megan hi ar agor yn frysiog, a thynnu cerdyn bychan allan ohoni. Ar ei flaen roedd llun o fabi bach yn cysgu'n sownd mewn gŵn nos bert a chap pinc wedi'i wau. Mari Elin! Syllodd Megan yn hir ar y llun o'i chwaer fach. Rhoddodd ei chalon naid. Y llygaid brown yna... llygaid lliw siocled... llygaid Dad... ei llygaid *hi*! Llenwyd pob twll a chornel o'i chorff â chymysgedd ryfedd, anesboniadwy o gyffro, balchder, anghredineb... a chariad.

Agorodd y cerdyn, a darllen y neges:

Dyma hi, Mari Elin!

Mae hi'n edrych ymlaen yn arw at gael cwrdd â'i chwaer fawr, ac mae wedi clywed llawer amdani'n barod!

Welwn ni di wythnos nesa, gobeithio.
Cariad Mwyaf,
Dad, Menna a Mari Elin xx.

O.N. Pob lwc yn eisteddfod yr ysgol heddi.
Fyddi di'n grêt!

Cusanodd Megan y llun o Mari Elin, cyn rhoi'r cerdyn yn ei phoced. Byddai'n ei drysori am byth.

Oedd, roedd diwrnod yr eisteddfod wedi cyrraedd! Sylweddolodd Megan ei bod hi'n hwyr. Byddai'n rhaid iddi frysio – doedd hi ddim am golli'r bws ysgol heddiw o bob diwrnod. Edrychodd yn gyflym ar yr ail amlen a gyrhaeddodd gyda'r post. Ysgrifen Leri! Byddai'n rhaid i'r llythyr hwnnw aros, yn anffodus, a rhoddodd Megan ef yn nrôr ucha'r seidbord. Edrychai ymlaen at ei ddarllen ar ôl dod adref o'r ysgol.

Dringodd y grisiau'n frysiog, a mynd i'w hystafell wely i wisgo amdani. Cofiodd eiriau Miss Owen wrth i ddosbarth 6B adael yr ysgol y prynhawn cynt – 'Cofiwch wisgo'r lliw cywir fory, er mwyn cefnogi'ch tŷ… '

Estynnodd Megan ei chrys Lerpwl coch o'r cwpwrdd dillad. Syllodd arno am rai eiliadau, gan fyseddu'r defnydd meddal. Yna, tynnodd ef dros ei phen am y tro cyntaf ers mis Awst y llynedd. Teimlodd ryddhad a balchder wrth sylweddoli fod pennod o'i bywyd, o'r diwedd, yn dod i ben. Megis dechrau roedd y bennod nesaf.

Daeth Mam i'r llofft i'w helpu i drefnu'i gwallt yn ddwy bleth ar ochr ei phen, â'u haddurno â dau ddarn o ruban coch.

Rhoddodd chwistrelliad coch yn ei gwallt a phaent wyneb coch ar hyd ei bochau.

'Ti'n edrych yn ddigon o ryfeddod!' meddai Mam gan wenu wedi iddi orffen. Daliodd Megan led braich oddi wrthi, gan syllu arni am rai eiliadau.

'Dwi mor falch ohonot ti, Meg,' meddai wedyn, cyn rhoi cusan dyner iddi ar ei thalcen.

Cafodd Megan gryn drafferth wrth geisio cario baner enfawr tŷ Llwchwr ar y bws ysgol. Chware teg i Mam, bu wrthi drwy'r nos neithiwr yn ei helpu i'w pharatoi. Roedd hi'n dangos tipyn o ddiddordeb yn eisteddfod yr ysgol yn sydyn.

Roedd y bws ysgol yn garnifal amryliw o goch, melyn a glas, a chyffro'r diwrnod mawr yn byrlymu trwy wythiennau pob un o'r plant. Daeth Megan o hyd i sedd wag, a gosododd y faner yn ffwdanus ar y silff uwchben, cyn eistedd a chymryd ei gwynt ati. Sylweddolodd am y tro cyntaf y bore hwnnw ei bod hi'n teimlo'n nerfus, ac ychydig yn sâl. Diwrnod Eisteddfod Ysgol Gymraeg Maes Tawe! Gweddïai y byddai'n cofio geiriau darnau'r côr, y parti merched a'r parti cerdd dant, a'i llinell unigol yn y parti llefaru. Doedd hi ddim am wneud ffŵl ohoni'i hun ar lwyfan mawr y neuadd o flaen yr ysgol gyfan! Teimlai'n nerfus am reswm arall hefyd. Er iddi ei darbwyllo'i hun ers tro nad oedd gobaith ganddi bellach o ennill y Gadair, wedi iddi newid diweddglo'i stori ar y funud olaf, teimlai'n anniddig wrth feddwl am wrando ar y feirniadaeth o'r llwyfan. Hwn oedd ei chyfle mawr, wedi'r cyfan, i ddangos i Miss Owen, Mr Hughes, a'r ysgol gyfan, yr hyn y gallai *hi*, y ferch swil o gefn gwlad Ceredigion, ei gyflawni. Ac, yn dawel fach, roedd hi'n dal i groesi'i bysedd…

'Ti'n edrych yn grêt, Megan!' Daeth llais Macsen Jones i dorri ar draws meddyliau Megan.

'O… diolch,' atebodd Megan yn swil. Aeth ei thafod yn gwlwm tyn.

'Jyst gobeithio taw Llwchwr fydd yn ennill, ontefe?' meddai yntau. 'Dy'n ni heb ennill ers tair blynedd nawr. Hen bryd!'

Gwenodd ar Megan. Gwên gyfeillgar, garedig, gynnes.

Roedd neuadd Ysgol Gymraeg Maes Tawe fel syrcas y bore hwnnw, a bloeddiadau pedwar cant a hanner o aelodau cyhyrfus tai Llwchwr, Gŵyr a Thawe'n llenwi pob un twll a chornel. Rhoddwyd pawb i eistedd yn eu tai, ac roedd y gwisgoedd a'r degau o faneri coch, glas a melyn yn wledd i'r llygad. Rhoddwyd Megan i eistedd nesaf at Macsen Jones ac, yn dawel fach, roedd hi ar ben ei digon. Helpodd Macsen hi i chwifio'r faner anferth, a doedd hi ddim yn hir cyn iddi anghofio'i swildod. Bu'r ddau am y gorau yn bloeddio'u cefnogaeth i aelodau tŷ Llwchwr, a Megan yn mwynhau pob eiliad.

Cafwyd cystadlu brwd drwy'r bore. Cipiodd Llwchwr y wobr gyntaf mewn nifer o gystadlaethau. Profodd Megan wefr wrth gamu ar y llwyfan i gynrychioli'i thŷ yng nghystadlaethau'r parti llefaru a'r parti marched. Roedd hi wrth ei bodd.

Enillodd Siwan Fflur bob un o'i chystadlaethau unigol, ac roedd Megan, er syndod iddi'i hun, yn teimlo'n falch drosti. Roedd hi'n ennill pwyntiau i dŷ Llwchwr, wedi'r cyfan.

Pan gyhoeddodd Mr Hughes y sgôr o'r llwyfan cyn cinio, roedd y tri thŷ yn gwbl gyfartal – 305 o farciau yr un! Roedd pawb yn y neuadd orlawn ar binnau.

Wrth ddychwelyd i'w sedd ar ddechrau'r prynhawn, synhwyrai Megan y cyffro yn cyniwair yn ei stumog. Yr eitem nesaf ar y rhaglen oedd canlyniad cystadleuaeth Rhyddiaith

Blwyddyn 6 – cystadleuaeth y Gadair! O'r diwedd, ar ôl yr holl wythnosau, roedd y foment fawr ar fin cyrraedd! Camodd y beirniad, sef cyn-athro a oedd wedi ymddeol o'r ysgol ers blynyddoedd, i'r llwyfan a dechrau traddodi ei feirniadaeth. Aeth Megan yn chwys oer drosti. Edrychodd o'i chwmpas. Roedd sylw pob un o ddisgyblion Blwyddyn 6 wedi ei hoelio ar y gŵr ar y llwyfan, a neb yn fwy na Siwan Fflur, a eisteddai ar ben pella'r rhes o flaen Megan. Gallai Megan weld yr olwg falch, ddisgwylgar ar ei hwyneb.

'Cafwyd nifer fawr o straeon ar bob math o themâu yn y gystadleuaeth hon – o ofotwyr ar blaned Mawrth i un o gorgis y frenhines, ac roedd y safon ar y cyfan yn uchel,' traethodd y llais o'r llwyfan. 'Da iawn, blant, am ddefnyddio cymaint o ddychymyg wrth ymdrin â'r thema *"Pe bawn i..."*. Cefais fodd i fyw wrth ddarllen gwaith pob un ohonoch chi, a diolch yn fawr iawn i chi i gyd am gystadlu.'

Fedrai Megan ddim peidio â syllu ar wyneb bodlon Siwan Fflur. Oedd hi wedi cael gwybod eisoes taw hi oedd wedi ennill? Tybed...?

'Ond mae'n rhaid i mi ddewis un enillydd, wrth gwrs, ac felly rydw i wedi penderfynu ar dair ymgais orau'r gystadleuaeth. Mae'r cyntaf, sef gwaith "Y Pêl-droediwr", yn ddarn doniol iawn sy'n sôn am ddyhead bachgen ifanc i efelychu campau ei arwr, Ryan Giggs, ar y maes pêl-droed. Rwy'n hoffi defnydd yr awdur o hiwmor yn y darn hwn, a'r modd y mae'n ei ddychanu ei hun. Mae'r drydedd wobr yn mynd i "Y Pêl-droediwr".'

Dechreuodd pawb gymeradwyo. Edrychodd Megan ar Macsen Jones, a oedd yn wên o glust i glust wrth ei hymyl. Winciodd yntau arni.

'Ac felly, mae dau ddarn ar ôl. Un stori ac un portread, a dau awdur cwbl wahanol. Mae'r cyntaf o'r ddau ddarn yn delio ag obsesiwn merch ifanc gyda'r grŵp pop poblogaidd Girls Aloud.'

O gornel ei llygad, gwelai Megan Siwan Fflur yn eistedd yn gefnsyth, yn ddisgwylgar, a daliodd Miss Owen yn gwenu'n falch arni o ben arall y neuadd.

'Yn y pen draw, mae'r obsesiwn yn mynd dros ben llestri, gyda'r edmygydd ifanc yn cynllwynio i lofruddio Cheryl Cole, un o'r aelodau... '

Dechreuodd pawb chwerthin. Pawb ond Siwan.

'Mae hwn yn ddarn arbennig o dda, sy'n dangos dychymyg byw, ac wedi'i ysgrifennu mewn Cymraeg graenus. Roedd wedi ei gyflwyno'n ddeniadol dros ben hefyd. Fe wnes i fwynhau ei ddarllen yn fawr.'

'Dyna ni,' meddyliodd Megan, 'mae'n amlwg pwy yw'r enillydd... '

'Ond, yn anffodus, dydy diweddglo'r stori ddim yn taro deuddeg rhywsut. Mae ôl brys arno, a theimlaf nad yw'n cadw'n driw i weddill y stori. A dweud y gwir, mae'n tynnu rhywfaint oddi arni.'

Rhewodd Megan. Feiddiai hi ddim edrych i gyfeiriad Siwan Fflur.

'Trueni am hynny,' meddai'r llais o'r llwyfan. 'Ond dyna ni, dalier ati, achos mae yma ddawn amlwg... '

Dalier ati?! Ceisiodd Megan ei gorau glas i beidio â gwenu. Doedd neb wedi meiddio dweud hynny wrth Siwan Fflur erioed o'r blaen, roedd hi'n siŵr o hynny!

'Felly mae'r ail wobr yn y gystadleuaeth yn mynd i "Seren y Siartiau".'

Wrth i bawb ddechrau cymeradwyo eto, taflodd Megan gip cyflym i gyfeiriad Siwan Fflur. Doedd hi *ddim* yn edrych yn hapus!

Ac yna, wrth edrych o'i chwmpas ar y môr o bennau a

baneri a lliwiau, gwelodd Megan dri wyneb cyfarwydd iawn. Tri pherson cwbl annisgwyl, yn sefyll yng nghefn y neuadd gyda'r athrawon. Mam, Mam-gu ac Arthur Morris. Beth yn y byd...?

'Nawr 'te,' aeth y beirniad yn ei flaen, 'mae un stori ar ôl. Neu un portread, ddyliwn i ddweud. Achos yr hyn a gawn yng ngwaith "Aderyn Brau" yw portread o gymeriad dychmygol, sef Seren Aur.'

Rhewodd Megan.

'Mae awdur y darn yn dyheu am gael bod yn Seren Aur – yn berffaith ym mhob agwedd o'i bywyd. Teulu perffaith, cartref perffaith, ffrindiau perffaith, bywyd perffaith. Mae Seren Aur yn rhagori ym mhopeth – yn yr ysgol, ar y maes chwarae, yn ei gwersi telyn a phiano a dawnsio. Mae hi, mewn ffordd, yn gyfoglyd o berffaith.'

Fedrai Megan ddim meddwl yn glir. Roedd yn deimlad mor rhyfedd cael rhywun yn siarad fel hyn am ei gwaith, o flaen neuadd gorlawn o bobl.

'Mae'r portread hwn yn un cynnil a bywiog sydd wedi ei ysgrifennu mewn Cymraeg coeth. Mae'n llawn ansoddeiriau, cymariaethau a throsiadau effeithiol, yn ogystal ag idiomau a dywediadau gwledig bendigedig na fyddwn i'n disgwyl i blentyn o'r ddinas fod yn ymwybodol ohonynt. Mae'r ymwybyddiaeth hwn o'r bywyd gwledig yn un o gryfderau pendant y darn, ac heb os mae gan yr awdur ifanc yma ddawn ysgrifennu arbennig.'

Roedd calon Megan ar ras, a'i dwylo'n crynu fel jeli. Oedd hyn yn digwydd go iawn? Prin y gallai ganolbwyntio ar y llais o'r llwyfan.

'Ond yr hyn sy'n dangos aeddfedrwydd arbennig, a'r hyn sy'n gosod y darn hwn ben ac ysgwydd uwchben y gweddill yn y gystadleuaeth, yw'r diweddglo. Mae'r awdures ifanc (a dwi'n tybio taw merch sy'n gyfrifol am y gwaith) yn sylweddoli na fyddai bywyd yn berffaith, wedi'r cyfan, pe bai hi'n cael bod yn Seren Aur achos, yn ei geiriau hi, "Nid *fi* fyddwn i". Mae hi'n derbyn ei bywyd amherffaith ei hun, ac yn dysgu bod yn falch ohono. Mae doethineb yr awdures ifanc hon yn wers i ni i gyd, dybiwn i.'

Roedd Megan eisiau crio, eisiau chwerthin, eisiau dawnsio... Ond llwyddodd rhywsut i eistedd yn llonydd fel delw yn ei sedd.

'Felly, am ei haeddfedrwydd a'i gwreiddioldeb, ac am y neges bwysig sy'n perthyn i'w gwaith, mae Cadair Eisteddfod Ysgol Gynradd Gymraeg Maes Tawe yn mynd eleni i "Aderyn Brau". Diolch yn fawr.'

Roedd yr hyn a ddigwyddodd dros y munudau nesaf fel breuddwyd. Clywodd Megan lais Mr Hughes yn galw o'r llwyfan ar i 'Aderyn Brau' ac 'Aderyn Brau' yn unig godi ar ei draed neu ar ei thraed. Clywodd ganiad y ffanfferwyr yn atseinio drwy'r neuadd, ac yna'r tawelwch byddarol. Gwelodd y neuadd gyfan yn edrych o'u cwmpas yn chwilfrydig. Tynnodd anadl ddofn, ac yna yn araf, araf bach, teimlodd ei choesau crynedig yn ceisio'u gorau i godi gweddill ei chorff fel y gallai sefyll yn dalsyth ynghanol y dorf.

Synhwyrodd fod pob pâr o lygaid yn yr adeilad yn syllu arni. Clywodd gymeradwyaeth ysgubol a bloeddiadau buddugoliaethus ei chyd-aelodau yn nhŷ Llwchwr. Teimlodd law Macsen Jones yn gwasgu ei llaw chwyslyd hithau'n ysgafn.

A'r foment nesaf, roedd hi'n cael ei chyrchu i'r llwyfan enfawr, ac yn cael ei llongyfarch gan Mr Hughes. Safodd yn wynebu'r gynulleidfa anferth. Nid hi oedd yn rheoli'i chorff mwyach – roedd rhyw rym anesboniadwy yn arwain ei holl symudiadau. Ceisiodd ei gorau i amsugno'r cyfan, i gofleidio pob eiliad o'i buddgoliaeth hynod, i arsylwi ar bob manylyn pitw er mwyn eu storio'n ofalus yn ei chof... ond fedrai hi ddim. Roedd y cyfan mor anhygoel...

Clywodd lais y Pennaeth, o bell, yn ei chanmol i'r cymylau, ond fedrai hi ddim gwneud pen na chynffon o'i eiriau. Syllodd ar y cynfas di-ben-draw o wynebau aneglur yn ymestyn o'i blaen. Roedd tri phâr o lygaid dagreuol yn syllu'n ôl arni o gefn y neuadd, ynghanol yr athrawon. Caeodd ei llygaid, tynnodd anadl ddofn, a gwenodd.

Cafodd Megan brynhawn i'w gofio. Doedd hi erioed yn ei bywyd wedi cael y fath sylw. Y cyntaf i'w llongyfarch wedi iddi adael y llwyfan oedd Miss Owen. Miss Owen o bawb!

'Da iawn, Megan,' meddai wrth ysgwyd llaw ei disgybl yn frwdfrydig. 'Wyddwn i ddim bod cystal awdures yn ein plith ni! Er, wrth gwrs, fe weles i botensial ynoch chi'n syth... '

Gwenodd Megan, gan dderbyn geiriau celwyddog ei hathrawes â balchder.

Cafodd ei boddi wedyn yn sgrechiadau buddugoliaethus aelodau tŷ Llwchwr. Roedd pawb yn awyddus i ysgwyd ei llaw a chyffwrdd yn ei gwobr arbennig – y gadair fechan wedi'i cherfio'n gain o bren derw. Rhoddodd Macsen Jones gwtsh mawr iddi, ac roedd Siwan Fflur, er mawr syndod i Megan, yn hael iawn ei chanmoliaeth.

'Da iawn, Megan,' meddai pan ddaeth ei thro hi, o'r diwedd, yn y rhes hir oedd yn aros i'w llongyfarch. 'Ti wir yn haeddu ennill.' Roedd rhywbeth diffuant, ac annwyl hyd yn oed, yn ei geiriau a'i gwên y prynhawn hwnnw.

Doedd neb balchach, wrth gwrs, na'r tri yng nghefn y neuadd – Mam a Mam-gu ac Arthur Morris.

'Wedes i y gallet ti'i neud hi, yndô?' meddai'r hen ŵr yn llawn cyffro. 'Bach o ffydd oedd ishe, 'na i gyd!'

Yr un oedd geiriau Mam-gu hefyd wrth gofleidio'i hwyres

yn falch. Ddywedodd Mam fawr ddim, dim ond cydio yn ei llaw a gwenu. Ond doedd dim angen dweud unrhyw beth. Roedd ei llygaid yn pefrio, ac roedd hynny'n dweud y cyfan.

Aeth y cystadlu yn ei flaen am weddill y prynhawn, â'r sgôr rhwng y tri thŷ o fewn trwch blewyn o hyd. Ond gan taw Llwchwr ddaeth yn fuddugol yng nghystadleuaeth y côr, sef cystadleuaeth ola'r dydd, nhw oedd pencampwyr Eisteddfod Ysgol Gymraeg Maes Tawe. Bu'n ddiwrnod bythgofiadwy.

Cyn gadael am adre ar ddiwedd y prynhawn, cafodd Megan, Mam, Mam-gu ac Arthur Morris wahoddiad i aros am baned a chacen yn ffreutur yr ysgol. Bu Mam a Mam-gu yn sgwrsio'n hir â rhai o'r athrawon a'r rhieni eraill, a thynnwyd llun o Megan a'i chadair ar gyfer gwefan yr ysgol a'r papur lleol. Bu Arthur Morris wrthi'n brysur yn blasu'r gwahanol gacennau a gynigiwyd iddo, gan eu cymharu'n ofalus â'i greadigaethau ef ei hun. Bu'n siarad am sbel gyda Mr Hughes hefyd, ac roedd ar ben ei ddigon ar ôl cael gwahoddiad i ddod i sgwrsio â phlant Blwyddyn 6 am ei brofiadau fel bachgen ifanc yn Abertawe adeg yr Ail Ryfel Byd!

Bu Siwan Fflur a'i chriw yn hynod glên wrth Megan, a chynigiodd Siwan ei rhif ffôn iddi, hyd yn oed, er mwyn iddyn nhw drefnu cwrdd dros y gwyliau. Cymerodd Megan ef a'i gadw'n ofalus ym mhoced ei sgert.

'Chwarae teg... ' meddyliodd wrthi'i hun. Tybed a fyddai'n ei ddefnyddio? Efallai wir...

Cadwodd Macsen Jones ei bellter wrth i bawb arall gystadlu am sylw Megan. Daliodd Megan ef yn syllu arni fwy nag unwaith, cyn gwenu'n swil ac edrych i ffwrdd.

Wrth gerdded at gar Mam y prynhawn Gwener hwnnw, gyda Mam a Mam-gu y naill ochr iddi ac Arthur Morris ychydig gamau o'u blaenau yn cario'r gadair fechan yn barchus, fedrai Megan ddim peidio â theimlo ychydig yn drist. Roedd hi'n ddechrau'r gwyliau hanner tymor, a fyddai hi ddim yn tywyllu'r ysgol am dros wythnos. Ac o feddwl cymaint yr arferai gasáu'r lle!

'Rhyfedd o fyd,' meddyliodd, gan wenu'n dawel ond blinedig wrthi'i hun.

Pennod 27

Pan gyrhaeddodd Megan adref, cofiodd yn sydyn am y llythyr oddi wrth Leri oedd wedi cyrraedd y bore hwnnw. Gosododd ei chadair anrhydeddus yn browd ar y seidbord, ac estyn am y llythyr o'r drôr. Dechreuodd rwygo'r amlen wrth ddringo'r grisiau, ac aeth yn syth i'w hystafell wely i ddarllen y cynnwys.

Annwyl Meg,

Shwt wyt ti? Gobeithio dy fod ti'n iawn, a bod paratoadau'r eisteddfod ysgol yn mynd yn dda.

Gwenodd Megan. Roedd cymaint ganddi i'w ddweud wrth ei ffrind gorau!

Ma pawb yn iawn fan hyn, ac yn edrych ymlaen at y gwyliau. Mewn ychydig ddyddiau, byddwn ni'n cael gweld ein gilydd eto. Alla i ddim aros!

Cafodd y cyfarfod ei gynnal heddiw, rhwng pobl bwysig yr Awdurdod Addysg a Llywodraethwyr yr ysgol. Fe fuon nhw'n trafod am oriau, meddai Mam. Ac fe gawson ni newyddion da! Mae Ysgol Llanfair yn saff, am y tro beth bynnag!

Maen nhw wedi penderfynu cadw'r ysgol ar agor am flwyddyn arall o leia, ac mae Mrs Jones yn cael cadw'i swydd hefyd. Mae teulu o Lundain yn dod i fyw i Dŷ Capel, ac mae gyda nhw ddau o blant a fydd yn dechrau yn yr ysgol ar ôl hanner tymor – merch ym Mlwyddyn 2 a bachgen ym Mlwyddyn 1. Felly bydd digon o blant gyda ni i gadw dwy athrawes. Mae sôn hefyd fod Mr Jones y Fron wedi gwerthu'r cae drws nesaf i'r ysgol i ddatblygwyr tai, ac y bydd dwsin o dai newydd yn cael eu hadeiladu yno. Os hynny, falle y bydd digon o blant yn yr ardal i gadw'r ysgol ar agor am fwy na blwyddyn... gewn ni weld. Byddan nhw'n trafod eto mewn rhai misoedd, meddai Mam. Opsiwn arall yw uno'r ysgol gyda dwy ysgol fach arall o'r ardal er mwyn creu un ysgol fawr. Does neb yn siŵr beth fydd yn digwydd yn y pen draw, ond mae pethau'n edrych yn well am nawr, o leia!

Beth bynnag, fe gei di glywed yr hanes i gyd ddydd Sadwrn!!! Dwi'n edrych 'mlaen gyment, ac ma pawb yn Llanfair yn ysu eisiau dy weld di, Meg! A falle y galla i ddod draw i aros gyda ti yn Abertawe rhyw dro? Bydde hynny'n braf!

Hwyl am nawr,

Dy ffrind gorau,

Leri X.

Llenwyd Megan â theimlad bodlon, cynnes, wrth ddarllen llythyr Leri. Ysgol Llanfair i aros ar agor − am y tro, o leiaf. Diolch byth! Roedd hithau hefyd yn edrych ymlaen yn arw at weld Leri a phawb arall fory, a chael rhannu hanesion y misoedd diwethaf â nhw. Ond doedd hi ddim yn teimlo'r hiraeth arferol wrth feddwl am ei hen gartref. Roedd pethau wedi newid. Ac roedd Llanfair yn prysur newid hefyd. Dwsin o dai newydd, teulu o Lundain − nid dyna'r Llanfair roedd hi'n gyfarwydd ag ef. Byddai'n braf mynd yn ôl yno, wrth reswm, ond roedd hi'n edrych ymlaen yn barod at gael dychwelyd i

Abertawe – cael mynd am dro gydag Arthur Morris i Benrhyn Gŵyr; mynd i weld Dad a Mari Elin yng Nghaerdydd; cwrdd â Siwan Fflur a'i chriw yn y dre…

Canodd cloch drws y ffrynt, ac o'i llofft clywodd Megan ei mam yn ei ateb. Yna clywodd lais cyfarwydd, cwbl annisgwyl.

'Helô, Mrs James, yw Megan gartre, plis?'

Rhuthrodd Megan o'i hystafell i ben y grisiau, a gweld Macsen Jones yn sefyll ar stepen y drws, a'i fam y tu ôl iddo! Beth yn y byd…?

'Ydi, ydi, 'co hi nawr,' atebodd Mam, gan amneidio ar Megan i ddod at y drws. Wrth iddi sefyll yno, synhwyrodd Megan fod wyneb Macsen hefyd wedi cochi.

'Haia, Meg,' meddai o'r diwedd. Wyddai Megan ddim bod modd i fachgen mor hyderus a phoblogaidd deimlo mor nerfus!

'Des i â hwn i ti.' Estynnodd anrheg iddi, wedi'i lapio mewn papur pert â ruban coch amdano.

'O'dd rhaid i ni fynd yn syth o'r ysgol i'w brynu fe, o'dd Macsen yn mynnu… ' Daeth llais ei fam o'r tu ôl iddo. 'O'dd *rhaid* cael rhywbeth i longyfarch Megan am ennill y Gadair, yn syth! A *fe* fuodd wrthi'n lapio hefyd!'

Roedd Macsen yn amlwg yn teimlo'n anghyfforddus, a theimlai Megan drueni trosto wrth iddo syllu ar ei draed mewn cywilydd.

'Diolch,' meddai'n dawel wrtho, cyn agor y papur lapio'n ofalus. Y tu mewn roedd llyfr nodiadau newydd sbon. Llyfr nodiadau coch llachar!

'Er mwyn i ti sgwennu dy nofel gynta!' Roedd Macsen yn edrych i fyw ei llygaid ac yn gwenu'n braf erbyn hyn.

'Diolch yn fawr,' meddai Megan. Wyddai hi ddim sut i ymateb. Chafodd hi erioed gystal anrheg!

'Ddewch chi i mewn am baned?' Roedd Mam-gu wedi ymuno â'r pedwarawd wrth y drws erbyn hyn.

'Na, gwell i ni beidio, diolch – ar y ffordd i ymarfer pêl-droed Macsen ry'n ni, a gweud y gwir,' atebodd mam Macsen. 'O'dd Macs yn sôn dy fod di'n joio pêl-droed hefyd, Megan. Beth o't ti am holi iddi, Macsen?'

'Ym… meddwl falle y byddet ti moyn dod 'da fi i weld y Swans yn chware – dydd Sadwrn nesa? Ma Dad yn gallu cael tocynne. Dim ond os wyt ti ffansi, sdim rhaid i ti… '

'Grêt,' atebodd Megan yn syth, gan wenu ar Macsen a'i fam. Wedi'r cyfan, roedd modd cefnogi mwy nag un tîm pêl-droed, yn doedd?!

'Ga i ddod â rhywun gyda fi hefyd?' gofynnodd wedyn. Gwyddai y byddai Arthur Morris wrth ei fodd!

Wrth ffarwelio â Macsen a'i fam a threfnu i ffonio cyn diwedd yr wythnos i gadarnhau'r trefniadau, daliodd Megan yn dynn yn ei llyfr nodiadau newydd. Syllodd ar Macsen Jones – y bachgen mwyaf poblogaidd, hyderus, golygus yn yr ysgol – yn cerdded o'i thŷ *hi*, ar hyd ei stryd *hi*. Ei ffrind newydd *hi*.

Arthur Morris oedd yr ymwelydd nesaf. Roedd wrth ei fodd â'r cynnig i fynd i weld y Swans, ond roedd ganddo'i gynnig arbennig ei hun i Megan, Mam a Mam-gu.

'Ma nhw'n addo tywydd braf bore fory – beth am i ni'n pedwar fynd am bicnic bach i Rosili?' holodd.

'Ie, glei!' atebodd y tair yn un côr.

Erbyn naw o'r gloch y noson honno, roedd Megan yn barod am ei gwely. Bu'n ddiwrnod hir, llawn cynnwrf, a byddai fory'n ddiwrnod prysur arall! Ar ôl y trip i Rosili gydag Arthur Morris, roedd Mam-gu wedi addo mynd â Megan i siopa yn Abertawe. Roedd hi'n torri'i bol eisiau prynu crys Lerpwl maint bach, bach i'w roi'n anrheg i Mari Elin pan fyddai'n mynd i'w gweld ar ddechrau'r wythnos. Fe feddyliodd ofyn i Mam fynd â hi, ond gwyddai nad oedd hi'n barod i hynny. Roedd hi'n bell o fod yn barod.

Yna, ar ôl bod yn siopa, byddai'n dal bws y Traws Cambria ac yn anelu am y gorllewin, a phentre Llanfair, er mwyn cyrraedd mewn da bryd ar gyfer y twmpath. Doedd Mam ddim am ddod gyda hi'r tro hwn, a deallai Megan yn iawn pam. Ond fe ddeuai rywbryd eto, gobeithio.

Ac efallai, rhyw dro, y byddai Mam yn caniatáu iddi gael ffôn symudol unwaith eto, ac yn trefnu cael cysylltiad â'r we yn nhŷ Mam-gu, er mwyn i Megan fedru anfon e-byst at Dad, a Leri wrth gwrs. Efallai...

Cyn troi am y gwely, gosododd Megan y cerdyn â llun Mari Elin arno, ynghyd â Chadair Ysgol Gymraeg Maes Tawe − y ddau drysor mwyaf gwerthfawr yn y byd i gyd − i sefyll mewn lle anrhydeddus ar ei desg. Yna, cydiodd yn y llyfr nodiadau a gafodd yn anrheg gan Macsen ychydig oriau ynghynt, a mynd ag ef gyda hi i'r gwely.

Ymhen ychydig, daeth Mam i roi sws nos da iddi a'i lapio'n glyd yn y dwfe.

'Dwi'n edrych mlân at fynd i'r Gŵyr fory,' sibrydodd wrth roi cusan dyner ar dalcen ei merch. 'Falle af i â'r llyfr sgetsio... gewn ni weld... ' Roedd y llygaid gwyrddlas yn ceisio'u gorau i wenu.

'Grêt!' atebodd Megan. 'Dwi am ddod â fy sbienddrych newydd hefyd!'

'Ac wythnos nesa,' aeth Mam yn ei blaen yn dawel, 'pan fyddi di yng Nghaerdydd, ma 'da fi apwyntiad arall gyda'r meddyg. Fe ddaw pethe gan bwyll bach, wir i ti, ond fe gymrith amser...'

Gwenodd Megan a rhoi cwtsh hir i'w mam. Ddwedodd hi

ddim byd. Doedd dim angen geiriau.

Wedi i Mam adael, estynnodd Megan am ei llyfr nodiadau newydd. Byseddodd ef yn ofalus, gan deimlo pob modfedd o ffresni glân y papur. Cannoedd ar gannoedd o dudalennau gwyn, difrycheulyd yn ysu am gael eu llenwi. Byddai'n rhaid creu stori newydd, cymeriadau newydd, bywyd newydd, i lenwi'r gwacter. Fedrai hi ddim aros, a theimlodd wefr gynhyrfus yn cropian ar hyd asgwrn ei chefn wrth feddwl am y peth.

Ond ddim heno! Gosododd y llyfr nodiadau'n ofalus o dan ei gobennydd cyn estyn yn flinedig am y switsh i ddiffodd y golau bach wrth ochr y gwely. Caeodd ei llygaid, a syrthio'n syth i drwmgwsg bodlon, braf.

Am restr gyflawn o lyfrau'r Lolfa, mynnwch
gopi o'n catalog newydd, rhad
neu hwyliwch i mewn i'n gwefan

www.ylolfa.com

Ile gallwch archebu llyfrau ar lein.

TALYBONT CEREDIGION CYMRU SY24 5HE
ebost ylolfa@ylolfa.com
gwefan www.ylolfa.com
ffôn 01970 832 304
ffacs 832 782